归去来辞

美得窒息的宋词

汉英对照

许渊冲 译
吴俣阳 解析

长江出版传媒
长江文艺出版社

目录

Contents

第一章 …… 云外山河

第二章 …… 明月团团

第三章……画桥流水

第四章……暮云秋影

第五章 …… 当年豪气

第六章……故人何在

第一章

云外×山河

CHAPTER ONE

See beyond the clouds the hill and rill

壶中天·夜渡古黄河，与沈尧道、曾子敬同赋

张炎

扬舲（líng）万里，笑当年底事，中分南北。须信平生无梦到，却向而今游历。老柳官河，斜阳古道，风定波犹直。野人惊问，泛槎何处狂客？迎面落叶萧萧，水流沙共远，都无行迹。衰草凄迷秋更绿，唯有闲鸥独立。浪挟天浮，山邀云去，银浦横空碧。扣舷歌断，海蟾（chán）飞上孤白。

Sky in a Vase
Crossing the Yellow River at Night, with Shen Yao-dao and Zeng Zijing
Zhang Yan

I sail a boat for miles and miles
And ask with smiles
Why should the Yellow River then divide
The land into northern and southern sides?
I believe all my life long I have not a dream
Of the Yellow River, but now I see the stream.
The rivershore with willow trees,
The ancient pathways in departing sunrays,
The waves seem straight when calms the breeze.
People ask me in surprise:
Why should I sail a boat at moonrise?

Leaves fall shower by shower in my face,
Water with sand flows far away.
Without leaving a trace.
Withered grass veils autumn's green lands.
Only a gull at leisure stands.
The skies on surging waves float;
Mountains invite the clouds to come down from on high.
The Silver River bars the blue sky.
I sing and beat on the deck of my boat.
The lonely moon in flight
Has turned the Yellow River bright.

放舟于万里黄河，却笑当年的自己是多么的荒唐，又是多么的无知，竟然理所当然地，把这条河道当成了是划分南北疆域的界线。要相信，我平生纵是做梦，也从没梦到过这里，却不料，而今倒是真的来此游历了。沿着堤岸长满老柳的官河一路前行，日落时分，但见斜阳西沉，古道苍茫，好一派清幽的景象。

风停了，波涛依旧汹涌不息，可我们的游兴却丝毫未减。不知道，当岸上的村民看见我们的时候，会不会露出惊讶的神情彼此相问：这些泛舟河上、快活得忘乎所以的狂客，到底是从何处来的？

萧瑟的落叶迎面飞来，河水卷着黄沙一起朝远方流去，渐渐地，触目所及之处，便再也看不到任何行人的踪影。岸边衰败的野草，更为这个季节增添了一派凄清迷茫的景象，但在这秋高气爽的节气里，倒又愈发绿得浓烈了。放眼望去，只有一只无所事事的鸥鸟独立在草地上，而正因为它的出现，周遭的一切才充满了勃勃生机。

高耸入云的浪涛，仿佛裹挟着天空，在宇宙的尽头载浮载沉；蜿蜒连绵的山岭，好似在天边召唤着云朵，一起顺着激流奔腾而去。入夜之后，更有璀璨的银河横亘天际，自是美不胜收。就这样，我们在星光下叩击着船舱引吭高歌，一曲方终，月亮便又从海底飞上了天空。

据《元史·世祖本纪》记载："至元二十七年（1290年），缮写金字《藏经》，凡縻金二千二百四十四两。"其时，元世祖广征江南擅书者，张炎与沈尧道、曾子敬结伴赴元都写经，这阕词即作于此次北行的途中。

南宋覆亡之前，词人一直生活在江南，见惯了婉丽的江南之景，此番北上，使他眼界大开，因而在他的笔下，也开始出现了雄浑的北国风光。

张炎（1248年—1314年后），字叔夏，号玉田，又号乐笑翁。临安（今浙江省杭州市）人，祖籍秦州成纪（今甘肃省天水市）。宋末元初著名词人，名将张俊六世孙。

祖父张濡，父亲张枢，皆能词善音律。前半生富贵无忧，1276年，元兵攻破临安，南宋覆灭，张濡被元人磔杀，家财亦被抄没，此后，家道中落，贫难自给，曾北游燕赵谋官，最终失意南归，落魄而终。著有《山中白云词》，今存词三百零二首。

南浦·春水

张炎

波暖绿粼粼，燕飞来，好是苏堤才晓。鱼没浪痕圆，流红去，翻笑东风难扫。荒桥断浦，柳阴撑出扁舟小。回首池塘青欲遍，绝似梦中芳草。和云流出空山，甚年年净洗，花香不了？新绿乍生时，孤村路，犹忆那回曾到。余情渺渺，茂林觞咏如今悄。前度刘郎归去后，溪上碧桃多少。

Southern Waterside
Spring Water

Zhang Yan

Waves warm up and turn green,
When flying swallows seen,
The bank begins to wake.
Fish swim and leave round traces in the lake,
The fallen flowers flowing away.
Why does the eastern breeze not clear its way?
Under the bridge where no visit is paid,
A little leaflike boat comes out of willows' shade.
I turn my head to find the green pool gleam
Just like the fragrant grass in a dream.

With clouds the creek flows out of the hill,
Though washed from year to year,
The flowers are fragrant still.
When the roadside has just turned green,
I shall remember the lonely village unseen,
Where I came with peer on peer.
Where are the drinking night and singing day?
All, all have passed away.
Since the fairies are gone,
How many peaches on the tree have grown!

水温转暖，湖面上波光粼粼。燕子从远方归来，最好的景致还要数苏堤春晓。鱼儿潜入湖水里，兀自在水面上留下圆圆的波纹；流水带走缤纷狼藉的残红，却嘲笑东风不能把落花清扫干净。在阻绝不通的水湾处，荒僻的桥下，有小船从柳荫深处翩翩而出。回首望去，而今池塘里早已长满了葳蕤的青草，就好似当年谢灵运在诗中表达的梦境一般曼妙清灵。

溪水和白云一起流出空山，却为何，那流水年年冲洗着落花，花香还总是未曾消退？看到路边新绿乍生，冷不防回想起在这孤村路上，我曾和友人一起结伴畅游，饮酒作乐，好不恣意。可惜，当日的欢愉转眼成空，只留下这绵绵不绝的余情依旧盘旋在心头，怎不惹人惆怅。唉，自上次归去之后，往事便不可再追，也不知道，此时此刻，那些长在溪畔的碧桃树，究竟是增加了还是减少了呢。

由词风可以看出这阕词应该写于词人早年隐居杭州期间。元代思想家邓牧在《张叔夏词集序》中云："春水一词，绝唱古今，人以'张春水'目之。"晚清词家陈廷焯云："玉田以'春水'一词得名，用冠词集之首。"

浣溪沙·旋抹红妆看使君

苏轼

旋抹红妆看使君，三三五五棘(jí)篱门。相挨踏破茜(qiàn)罗裙。

老幼扶携收麦社，乌鸢翔舞赛神村。道逢醉叟卧黄昏。

Silk-washing Stream

Su Shi

Maidens make up in haste to see the magistrate;
By threes and fives they come out at their hedgerow gate.
They push and squeeze and trample each other's skirt red.

Villagers old and young to celebration are led;
With crows and kites they dance thanksgiving in array.
At dusk I see an old man lie drunk on the way.

村姑们听说谢雨的使君就要路过她们的村庄，急急忙忙地往脸上抹上胭脂，粗略地打扮了一下，就三三五五地聚到以荆棘围着的篱笆门前，踮着脚尖，不住地抬头朝路上探望着。大家你推我，我挤你，七嘴八舌地议论纷纷，一不留意，把红色的丝罗裙都给踏破了。

老老少少的村民们互相扶携着，到土地祠祭祀谢神，感谢天降甘霖，让他们今年的麦子得到了丰收。虔诚的村民们以丰盛的酒食酬谢神灵，那些祭品迅即引来了馋嘴的乌鸦和老鹰，它们展翅翱翔在村头的上空，久久盘旋着不肯离去。有幸受到乡亲们隆重的款待，酒足饭饱后，归去的路上，我遇到了一个醉卧在黄昏下的老人，不知道他是不是也和我一样，刚刚享受过一顿丰盛的美餐。

宋神宗元丰元年（1078 年），苏轼时任徐州太守。当年春天，徐州发生了非常严重的旱灾，作为地方官的苏轼，曾率众到城东二十里外的石潭求雨，得雨后，同年初夏，他又与百姓同赴石潭谢雨。

在赴石潭谢雨的路上，苏轼写下了一组谢雨词，即《浣溪沙·徐门石潭谢雨道上作五首》，主要写他求雨途中所见、所闻与所感，用极其生动的笔触，描摹了农村的秀美风光，反映了农民的真实情绪，为农民的喜悦而欣慰，更对农民的痛苦寄予了深切同情。这阕《旋抹红妆看使君》，就是其中的第二首。

苏轼（1037 年—1101 年），字子瞻，一字和仲，号铁冠道人、东坡居士，世称苏东坡、苏仙、坡仙。眉州眉山（今四川省眉山市）人，祖籍河北栾城（今河北省石家庄市栾城区）。北宋著名文学家、书法家、美食家、画家。

望海潮·梅英疏淡

秦观

梅英疏淡，冰澌(sī)溶泄，东风暗换年华。金谷俊游，铜驼巷陌，新晴细履平沙。

长记误随车。正絮翻蝶舞，芳思交加。柳下桃蹊，乱分春色到人家。

西园夜饮鸣笳(jiā)。有华灯碍月，飞盖妨花。兰苑未空，行人渐老，重来是事堪嗟。

烟暝(míng)酒旗斜。但倚楼极目，时见栖鸦。无奈归心，暗随流水到天涯。

Watching the Tidal Bore

Qin Guan

Mume blossoms fade;
Ice melts away;
The speechless eastern breezes bring
In early spring.
I still remember the West Garden in the shade
Of willow trees on a fine day;
We slowly toured on sandy way.
I followed a handsome carriage wrong
When willow catkins flew along
With dancing butterflies above;
My mind was full of joy and love.
Beneath peach trees spring running riot
Disturbed all houses' quiet.

Can I forget we drank and played on the pipe at night,
The moon was outshone by lanterns bright
And flowers screened by flying canopies?
The pleasure garden glitters still with gold,
But I who come again am growing old.
Everything I see evokes but sighs.
In misty dusk the wineshop streamers slanting low.
Leaning on railings of the bar,
I gaze afar.
What I see now and then is nesting crow on crow.
What can I do apart
With a homesick heart
Which follows secretly the running brook
Until the end of the earth or its farthest nook?

梅花因凋落而变得一天比一天稀疏，结冰的河面已经开始溶化，一阵东风吹来，暗暗地转换了年华，春天终于又悄悄地来了。

想当年，和好友结伴同游金谷园，漫步在铜驼街巷，脚下踏着雨过初晴后的细软平沙，简直过的就是神仙般逍遥快活的日子。

一直记得，兴致盎然的我不由自主地尾随着陌生女子的香车缓缓而行，当时柳絮翻飞彩蝶舞，不由得让人春情萌发，即便发现跟错了车，也丝毫没有停下脚步的意思。到处都洋溢着春天的气息，柳丝飘拂下的桃花开得正娇媚，胡乱地把这满眼的春色，都分发给了千家万户。

更难忘的是晚上在西园里，一边举杯喝着美酒，一边弹奏着悦耳动听的胡笳。华灯初上，遮住了月亮的光辉；急驰的车流，擦损了路边的花枝，怎一个繁华了得。而今，园中春色还依旧，游子却已渐渐老迈，故地重游的我，也只能一再地发出感慨唏嘘的嗟叹。

倚楼远望，暮色苍茫，酒旗横斜，往日的繁盛早已归于落寂，倒是时时可以窥见那栖息于枯枝上的乌鸦。宦海浮沉，身不由己的我，到如今，就连那仅剩下的一点思归的心愿，也于无奈中漫随流水，默默地淌到了海角天涯。

洛阳是北宋的西京，也是当时最为繁华的大都市之一，词人曾在这里生活过一段时间，并对此地产生了难以磨灭的印记。某年的早春时节，词人故地重游，人事沧桑给他以深深的触动，使他油然而生惜旧之情，并提笔写下了这阕词。该词从表面上看，是在追怀过去的游乐生活，实则是对仕途失意的慨叹。

秦观（1049年—1100年），字少游，一字太虚，号淮海居士，别号邗沟居士，高邮军武宁乡左厢里（今江苏省高邮市三垛镇少游村）人。北宋婉约派词人。

淡黄柳·空城晓角

姜夔

客居合肥南城赤阑桥之西，巷陌凄凉，与江左异。惟柳色夹道，依依可怜。因度此阕，以纾客怀。

空城晓角，吹入垂杨陌。马上单衣寒恻恻cè。看尽鹅黄嫩绿，都是江南旧相识。

正岑cén寂，明朝又寒食。强携酒、小桥宅。怕梨花落尽成秋色。燕燕飞来，问春何在？唯有池塘自碧。

Pale Golden Willow

Jiang Kui

The morning horn of the deserted town
Blows over the willowy lane.
On horseback, I feel chilled in simple gown.
Though I have seen
The pale yellow and tender green,
They're my acquaintances of yore
I knew on southern rivershore.

I'm mute with sorrow;
It will be Cold Food Day tomorrow.
I force myself to bring wine to my lady fair,
Yet I fear autumn should reign
With fallen blossoms of pear.
When swallows come and ask where spring can be seen,
Only the musing pool replies with vernal green.

我客居在合肥南城赤阑桥之西，街巷荒凉行人少，与江左的城市很是不同。只有柳树在街边夹道而生，那依依飘拂的柳絮，总让人心生怜惜。因而便创作了这阕词，借此来抒发客居他乡的感受。

凄清冷寂的城池里，拂晓的号角声乍然响起，不一会儿，便被风儿吹到了柳丝飘拂的街巷口。我独自骑在马背上，只穿着一件单薄的衣裳，立马便感受到了凄恻的寒凉。放眼望去，初绽的柳芽，叶色嫩黄，飘飞的柳条，更是苍翠欲滴，一切的一切，都恰似在江南时见过的那样熟悉。

正孤单寂寞间，偏偏明天又是寒食节，便勉为其难地携了一壶好酒，悄悄来到了小桥边恋人的住处。本想寻春遣怀，怕只怕梨花落尽，只留下一片秋色，又无端惹来一片愁绪。燕子飞来，叽叽喳喳地叫着，不住地询问春光今何在，唯有那池塘中碧绿的水波知道。

宋光宗绍熙二年（1191年），姜夔客居合肥，这阕词便是这年的春天在合肥所写。《淡黄柳》是姜夔的自制曲，通篇写景，意境凄清冷隽，用语清新质朴，而词人寄居他乡、伤时感世的愁怀，亦尽在不言之中。

姜夔（约1155年—1209年），字尧章，号白石道人，饶州鄱阳（今江西省上饶市鄱阳县）人，一说德兴（今江西省德兴市）人。南宋文学家、音乐家，被誉为中国古代十大音乐家之一。晚年长居杭州西湖，卒葬西马塍。有《白石道人诗集》《白石道人歌曲》《续书谱》《绛帖平》等书传世。

永遇乐·落日熔金

李清照

落日熔金[1]，暮云合璧，人在何处。染柳烟浓，吹梅笛怨，春意知几许。元宵佳节，融和天气，次第岂无风雨。来相召、香车宝马，谢他酒朋诗侣。

中州盛日，闺门多暇，记得偏重三五。铺翠冠儿，捻niǎn金雪柳，簇带争济楚。如今憔悴，风鬟霜鬓，怕见夜间出去。不如向、帘儿底下，听人笑语。

①熔金一作：镕金

Joy of Eternal Union

Li Qingzhao

The setting sun like molten gold,
Gathering clouds like marble cold,
Where is my dear?
Willows take misty dye,
Flutes for mume blossoms sigh.
Can you say spring is here?
On Lantern Festival
Weather's agreeable.
Will wind and rain not come again?
I thank my friends in verse and wine,
With scented cabs and horses fine,
Coming to invite me in vain.

I remember the pleasure
Ladies enjoyed at leisure
In capital of olden day.
Headdress with emerald
And filigree of gold
Vied in fashion display.
Now with a languid air
And dishevelled frosty hair
I dare not go out in the evening.
I'd rather forward lean
Behind the window screen
To hear other people's laughter ring.

落日的余晖，仿佛熔化了的金子一样熠熠生辉；傍晚的云彩，像玉璧一样合成一块。美景如斯，这劫后余生的人儿却身在何处？将柳色染青的烟雾渐渐地变得浓郁，吹奏着《梅花落》的笛子，传来声声的幽怨，这春天的气息已经初露端倪。

元宵佳节，风和日丽，谁又能料定，不会有突如其来的风雨出现？酒朋诗友们驾着华丽的车马，前来邀请我参加他们的聚会，我却因为心中愁闷焦烦，婉言谢绝了这番美意。

难以忘怀，在东京度过的那段无忧无虑的日子。每逢盛大的节日，闺中的妇女便多出了许多闲暇的时间，可以用来做她们自己喜欢做的任何事。记得她们特别偏爱正月十五那天的上元佳节，出门赏花灯的时候，总是戴着插着翠鸟羽毛的帽子，还有金线捻成的雪柳头饰。一个个的，都打扮得整整齐齐、漂漂亮亮的。

往事已矣，当初也是她们当中一员的我，到而今，却是容颜憔悴，那被风吹散的头发蓬松得就跟鸟窝一样，也懒得梳理，更怕在夜间出去观灯，被人耻笑不知打哪儿冒出一个不施粉黛的黄脸婆来，倒不如偷偷地守在帘儿底下，听听外面传来的别人家的欢声笑语。

这阕词是李清照晚年流寓江南时伤今追昔之作，当作于宋高宗绍兴十七年（1147 年）前后，是时词人居住在南宋都城临安。

李清照（1084 年—约 1151 年），号易安居士，齐州章丘（今山东省济南市章丘西北）人。南宋杰出的女词人，婉约派代表人物，有“千古第一才女”之称。

渔家傲·记梦

李清照

天接云涛连晓雾，星河欲转千帆舞。
仿佛梦魂归帝所。闻天语，殷勤问
我归何处。
我报路长嗟日暮，学诗漫有惊人句。
九万里风鹏正举。风休住，蓬舟吹
取三山去！

TUNE: "PRIDE OF FISHERMEN"

A Dream

Li Qingzhao

The morning mist and surging clouds spread to the sky;
The Silver River fades, sails on sails dance on high.
In leaflike boat my soul to God's abode would fly.
It seems that I
Am kindly asked where I'm going.I reply.

"I'll go far, far away, but the sun will decline.
What is the use of my clever poetic line!
The roc will soar up ninety thousand miles and nine.
O whirlwind mine,
Don't stop, but carry my boat to the three isles divine!"

海上刮起了大风，放眼望去，四垂的天幕，连接着汹涌的波涛和弥漫的云雾，端的是气势磅礴、壮美异常。从颠簸的船舱中仰望天空，天上的银河似乎都转动了起来，回眸处，无数的舟船，都不约而同地在风浪中飞舞前进。恍惚之中，一缕梦魂仿佛升入了天国，见到了慈祥的天帝，他不仅没有摆神仙的架子，反而还非常关心地问我将要归于何方。

我回禀天帝说，路途遥远漫长，又叹息时近日暮，不知道要去往何处，索性在他老人家面前诉起了苦来。这些年，我空有满腹的才华，却一再遭逢不幸，即便学作诗，也只枉有惊人的语句，而不能解决任何让我备受困扰的问题。回首之处，大鹏正乘着劲风，飞上九万里的高空，我终于忍不住大声呐喊了起来，风啊，可千万别停下来啊，请将我们乘坐的这一叶轻舟，吹到蓬莱三岛去吧！

这阕词作于李清照南渡之后，根据《金石录后序》记载，宋高宗建炎四年（1130 年）春，李清照曾于海上历尽风涛之险，而词中所写到的大海、天帝及词人自己，都与这段真实经历有关。

此词把真实的生活感受融入梦境，把屈原的《离骚》、庄子的《逍遥游》，以至神话传说都谱入了宫商，使梦幻与生活、历史与现实融为一体，构成气势恢宏、格调雄奇的意境，具有明显的豪放派风格，是以婉约词著称的李清照仅见的浪漫主义名篇，历来引人瞩目。

忆秦娥·烧灯节

刘辰翁

中斋上元客散感旧，赋《忆秦娥》见属，一读凄然。随韵寄情，不觉悲甚。

烧灯节，朝京道上风和雪。风和雪，

江山如旧，朝京人绝。

百年短短兴亡别，与君犹对当时月。

当时月，照人烛泪，照人梅发。

Dream of a Fair Maiden

Liu Chenweng

On Lantern Day
Wind and snow rage along the way.
Wind and snow rage,
The land looks as of yore,
But pilgrimage no more.

We have seen rise and fall in a hundred short years,
But you and I still see the same moon appears.
The same moon appears
To brighten our sad tears
And whiten the hair of our peers.

邓剡在上元节客散后，念及往事，当即赋一阕《忆秦娥》词赠予我。我读过之后，顿觉凄凉万分，便按照原韵和了一阕，以寄情怀，写着写着，更觉悲痛，惆怅莫名。

过去，每逢上元佳节，哪怕刮风下雪，通往京城的路上都会挤满进京观花灯闹元宵的红男绿女。而今，皇上和太后都被掳到北方去了，尽管昔日的京城还在，但进京的路上，行人早已断绝，有的只是漫天飘舞的风雪。

人生匆促百年，偏又经受了国破家亡、生离死别的深哀大痛。先前还是歌舞升平、富丽堂皇的大宋皇朝，转瞬之间，便成了眼前的焦土瓦砾，可你我却还要面对这一轮故国的明月，怎不惹人伤心难耐。一切，都改变了原来的模样，唯有当年的明月，还依然故我地照着人间，照着这流泪的蜡烛，照着我们已经花白的头发，怎一个心痛了得。

这是刘辰翁于宋亡之后写的一阕小令。小序中所说的“中斋”，乃是民族英雄文天祥的幕僚邓剡之号，“宋亡，以义行者”（《历代诗余》引《遂昌杂录》）。当时，邓剡于上元节聚客叙旧，客散之后写了一阕《忆秦娥》赠予刘辰翁，刘辰翁就写了这阕步韵的和作。

刘辰翁（1232 年—1297 年），字会孟，别号须溪，又自号须溪居士、须溪农、小耐，门生后人则称其为须溪先生。南宋著名爱国词人。

宝鼎现·春月

刘辰翁

红妆春骑。踏月影、竿旗穿市。望不尽、楼台歌舞，习习香尘莲步底。箫声断、约彩鸾归去，未怕金吾呵醉。甚辇（niǎn）路、喧阗（tián）且止。听得念奴歌起。

父老犹记宣和事。抱铜仙、清泪如水。还转盼、沙河多丽。滉（huàng）漾明光连邸（dǐ）第。帘影动、散红光成绮。月浸葡萄十里。看往来、神仙才子，肯把菱花扑碎。

肠断竹马儿童，空见说、三千乐指。等多时春不归来，到春时欲睡。又说向、灯前拥髻。暗滴鲛（jiāo）珠坠。便当日、亲见霓裳，天上人间梦里。

The Precious Tripod
Spring Moon

Liu Chenweng

On vernal ride in dresses bright,
Men trod in the moonlight,
With colored banners casting shadows on the fair.
Lo! Singing bowers here and dancing terrace there,
And gust on gust
Of fragrant dust
Rising form neath the lotus feet.
When flutes ceased their songs sweet,
The lovers went away with phoenix bells ringing.
They need not fear the watchmen's blame for being drunk.
Why was imperial road in silence sunk?
It was because the famous songstress was singing.

Old folks remember the crowned kings in tears
Left the northern capital for the frontiers.
But if they turned their eyes,
They'd see the Sandy River Pool
So beautiful,
On ripples green
The shadows of mansions fall and rise.
When shadows moved upon the screen,
Into brocade were woven colors bright.
For miles the waves looked like green grapes steeped in moonlight.
The talents coming to and fro would fear to break
The mirror of West Lake.

The children riding hobby horse have heard in vain:
None of three thousand musical fingers remain.
We wait long for spring which comes not till we're to sleep.
Like the unhappy lady in sad plight,
Holding her chignon by lamplight
And shedding pearly tears, I'd weep.
Even if I witnessed the Dance of Rainbow Cloak,
The earthly paradise would melt like dream or smoke.

春日里，街上到处都是骑着马盛装出游的女子。到了晚上，达官贵人们也出来与民同欢，出巡的高竿上彩旗如林，他们踏着婆娑的月影从容而行，默默穿梭在这热闹繁华的街市上。

迤逦的歌台舞榭，一眼望不到尽头。台上的艺人们在卖力地进行着各种精彩的表演；台下则是人头攒动、摩肩接踵的观众，美人过处，就连她们鞋底踩过的尘土也变得香气盈盈。

在这良宵美景中，总有钟情的男儿与怀春的少女不期而遇，箫声断处，又听到多情的少年声声呼唤着他心仪的彩鸾，要约她一起归去，一点也不害怕被执金吾呵斥。正热闹喧哗之际，那皇家车骑行经的辇路上，突地变得鸦雀无声，一下子就安静了下来，原本以为是皇帝的车驾驶过来了，蓦然回首，才发现是歌女念奴的歌声把大家的注意力都吸引了过去。

父老们都还记得宋徽宗宣和年间的繁华旧事，北宋沦亡了，他们只能抱着故国的金铜仙人痛哭涕零，如流水般洒落下清冷的泪滴。宋室南渡后，元夕的富丽堂皇虽不能与先前相比，但好在也有百年的承平时光，行在临安的花灯之夜，仍然不失往日的光鲜亮丽。

沙河塘绮丽多姿，烛影倒映在河面上，波光潋滟处，则是岸边连绵不断的宅邸。帘影忽而凝定，又忽而散开化成一片彩锦，煞是可爱有趣。月色浸润着西湖的十里深碧，看那些往来游春的神仙般的才子，谁肯将菱花镜打碎，忍心与亲人分离？

令人感到断肠的是，那些骑着竹马嬉戏的小儿女，空自听说大宋宫廷的教坊乐队拥有三百名乐工，却从来都无缘在元夕见到那般鼓乐齐奏的盛况。久久地守候着春天的归来，却总是等不见它归来的身影，待等到春天真正归来的时候，人们又都已昏昏欲睡，生生错过了它的归期。

又在灯前独自捧着发髻，自言自语地诉说着往日的哀凄，我暗暗坠下珍珠般的泪滴，不胜其悲。叹，即便当时亲眼看见《霓裳羽衣曲》的盛况，又能如何？还不是春梦易醒，天上人间永相隔，唯余绵延不断的怅恨而已！

据清初沈辰垣等编撰的《历代诗余》记载，这阕词应作于元成宗大德元年（1297 年）。在宋亡近二十年后的元宵之夜，刘辰翁感慨今昔，提笔写下了这阕《宝鼎现》，以寄托亡国哀思。

虞美人·用李后主韵二首（其一）

刘辰翁

梅梢腊尽春归了，毕竟春寒少。乱山残烛雪和风，犹胜阴山北海窖群中。

年光老去才情在，唯有华风改。醉中幸自不曾愁，谁唱春花秋叶泪偷流。

The Beautiful Lady Yu（Ⅰ）
In the Same Rhyme Scheme as Li Yu' s
Liu Chenweng

Spring comes back when mume flowers end their winter song,
The cold won't linger long.
The snow,wind,rugged hills by candlelight I see
Are better than Northern Mountain and Southern Sea.

I grow old but still bright when years pass by,
Only my spirit not as high.
By luck I feel no sorrow in my drunken hours.
Why shed tears on singing of autumn leaves and spring flowers?

腊月已尽，春天又在梅花的枝梢间悄然归来。尽管此时的天气乍暖还寒，但比起凛冽的寒冬，却是温暖了许多。

盼春来，可当春天真正来临的时候，却又裹挟着无尽的惆怅与落寞。屋外依旧风雪交加，那皑皑的白雪，已将远处乱石穿空的山林，点缀成了一个粉雕玉琢而又荒芜苍茫的世界；屋子里更是凄清冷寂得让人难以想象，除了一支将要燃尽的蜡烛和晦暗不明的烛光外，空空的室内，只余下一声不尽的叹息。

即便隐居在无人问津的深山之中，遭受风雨摧残，而今的境遇，也要好过当年被匈奴拘禁，幽囚于大窖、牧羊于北海之畔的苏武，又有什么可委屈、可怅叹的呢？至少，我还是拥有了一个容身之所，比起当年亡命天涯、居无定所的经历，那可真是强了许多。

岁月荏苒，年华渐老，唯一值得庆幸的就是，我的才情还在，我的笔锋也尚未跟着老去。早年豪放磊落、浮华瑰丽的词风，在经历了世事的转变、时光的沉淀后，也渐渐发生了变化，字里行间，无不倾泻着深沉的亡国之悲。

国破山河碎，可我依旧不改初衷，心里念念不忘的，依旧是我的大宋我的故国。总以为，心头的苦闷，会在一场大醉中，找到一个可以安放它们的空间，而那些不断升腾的愁绪，也会在喝得酩酊大醉后，自动消失得无影又无踪。可谁能料到，就在我期盼一醉解千愁之际，冷不防，却又听到有人唱起了李后主那句沾染了无尽惆怅的“春花秋月何时了”呢？

怕惹愁绪，想要远远地避开它，可终究还是没能如愿以偿地逃过这一“劫”。遥想当年，我热爱的大宋是那么繁华，那么富庶，而现在，一切都已成了过眼云烟，又怎能不让我对着凄风冷雪潸然垂泪？

这阕词，在形式上，步李后主《虞美人》原韵，内容上，更抒发了国破山河碎的悲愤。笔姿跳宕而又浑化无痕，写意性非常强，字里行间颇得后主词之神韵。

虞美人·用李后主韵二首（其二）

刘辰翁

情知是梦无凭了，好梦依然少。单于吹尽五更风，谁见梅花如泪不言中。
儿童问我今何在，烟雨楼台改。江山画出古今愁，人与落花何处水空流。

The Beautiful Lady Yu（II）
In the Same Rhyme Scheme as Li Yu's
Liu Chenweng

Although I know I can't rely on dreams so fleet,
Still I have few dreams sweet.
The Northern flute has blown with the wind at midnight.
Who has seen speechless,tearful mume blooms in sad plight?

The children ask me where is the splendor gone by.
Mist and rain have veiled towers high.
The land and stream reveal the sorrow old and new;
With flowers on the waves men will pass out of view.

尽管知道梦境只是一场无凭的空想，但就连一场好梦也难以闯入梦乡，怎不惹人愁绪丛生？

残暴的元朝统治者，肆无忌惮地侵凌着中原大地，就像五更天刮起的飓风，让大宋的百姓避无可避地走上了一条民不聊生的不归路。

遥想当年，匈奴国的单于，在半夜里吹响一曲《梅花落》，那枝头的梅花便即纷纷堕入风中，然而，却又有谁见过梅花暗自垂下的珠泪呢？风雨交加，梅花自是默无一言，像极了大宋遗民，面对蒙古贵族的淫威，敢怒而不敢言，到底，这种屈辱的日子还要持续多久才有尽头？

孩儿寄来书信，询问我今后将身往何处，我哪里又能知道呢？大宋灭国后，我就长期过着四海为家的漂泊生涯，烟雨茫茫处，昔日的楼台尽改，也只能走到哪里算哪里了。

江山依旧秀丽如画，却画出了古今相同的无限愁绪，纵使再美，也无法抚去我内心的惆怅与纠结。若要问我身在何处，我就像那堕下枝头的落花一样，随波逐流，却不知道究竟会漂到哪里去，没个尽头。

这阕词和上一阕词，都是步李后主《虞美人》韵而作，实则是一个有机的整体。词作委婉沉郁而别有情致，纯然为须溪先生学养襟怀之写照。

刘辰翁（1232年—1297年），字会孟，别号须溪，又自号须溪居士、须溪农、小耐，门生后人则称其为须溪先生。南宋著名爱国词人。

吉州庐陵（今江西省吉安市）人，和文天祥、邓剡是同乡兼同学。十岁丧父，母亲将其抚养成人；十一岁师从著名学者欧阳守道，入白鹭洲书院求学，并受到吉州知州江万里的赏识。

宝祐六年（1258年），刘辰翁在庐陵参加乡试，一举夺得头名解元。但权相丁大全得知刘辰翁在考卷中写有“严君子小人朋党辨”之句后，认为他在影射自己，遂下令将其除名，不为录用。

景定元年（1260年），刘辰翁被已官至国子监祭酒的江万里招至临安，补录为太学生，跟随理学家陆九渊学习。太学是南宋最高国立学府，已被丁大全革去功名的刘辰翁，相当于又重新获得了贡生资格，可以由朝廷直接任命步入仕途，即便没有被授予官职，经过太学的熔炼，科举登第也相对容易些，起点要远远高于普通考生。

景定三年（1262年），三十一岁的刘辰翁在临安考中进士。但进入殿试程序时，他耿直豪爽的毛病又犯了，居然在考卷中为在“湖州之变”中死去的济王鸣不平，一下子就触怒了宰辅贾似道，列名时更被宋理宗特意降为丙第。

济王赵竑本是宋宁宗指定的皇位继承人，但权相史弥远篡改宁宗遗诏，将赵竑废居湖州，改立宗室旁支子弟赵昀继位，就是宋理宗。宝庆元年（1225年），济王在湖州被一群江湖人士劫持，朝廷以为济王聚众谋逆，史弥远派兵镇压，将济王捕获，逼其自尽，天下冤之。此事关系到宋理宗皇位的合法性，所以极为敏感，但刘辰翁竟在廷对时称济王为忠良，应予平反，足见其胆识与气魄，好在宋理宗没有追究，此事也就不了了之。

刘辰翁登第之前，对他有知遇之恩的江万里已经罢官归乡。他自知不见容于权相贾似道，便以母亲年迈为由，请为赣州濂溪书院山长，罗履泰等名士都出自他的门下。

景定五年（1264 年）春，朝廷又启用江万里知福建军、兼福建转运使，刘辰翁入其幕府，跟着一起去了福州。宋度宗咸淳元年（1265 年）夏，江万里入朝执政，招刘辰翁为临安府教授。次年春，江万里罢相，刘辰翁一同被弹劾，回乡闲居。

咸淳四年（1268 年）秋，江万里出任太平州江东转运使，辟刘辰翁为幕僚。咸淳五年（1269 年）春，江万里入为参知政事，荐举刘辰翁为中书省架阁。可惜，就在刘辰翁准备大展拳脚之际，仅仅一个半月后，其母便不幸病故，他只得返乡丁母忧，而这次在中书省任职，则是刘辰翁在朝堂为官的唯一记录。

咸淳九年（1273 年），江万里任湖南安抚大使。这年秋，刘辰翁到长沙探访恩师。这一次，他在湖南逗留的时间并不长，也没有出任江万里幕僚，而是因为兵荒马乱，在这年年底就起身返回了江西。

咸淳十年（1274 年），元军攻破襄阳后，水陆并进，继续南下，攻拔鄂州，沿途宋朝官员皆望风而降。已经七十六岁的江万里，料国事已不可为，便再次辞官归隐饶州。他在芝山南麓凿池，并建一亭，取名“止水”，表明自己澄净坦荡的胸怀。

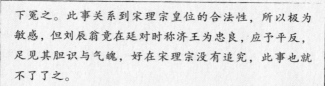

宋恭帝德祐元年(1275年)二月,饶州被元军攻破,江万里拒绝逃亡,执门人陈伟器的手,沉痛万分地说:“宋国运衰败,大势不可支撑,我虽退隐山林,但誓与国家共存亡。”毅然率领180多名家人从容投水自尽,以身殉国。江万里的弟弟江万顷被元军捕获,骂不绝口,亦遭元兵肢解而死。

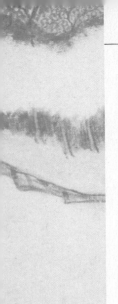

江万里自尽之际,刘辰翁正在江西吉水县虎溪避难,当他得知恩师为国捐躯的讯息后,自是悲痛得不能自已。他在悼文《归来庵记》中,不仅将江万里比作自投汨罗江的屈原:“父前而弟后兮熙春载临,忽相顾以流涕兮又痛哭而不可禁,彼紫芝之垂绝兮遗我哀音。”而且对他的高风亮节给予了极高评价:“玉色金声,光风霁月,峨峨千仞,柱折维绝。”

刘辰翁前后追随江万里逾三十年,二人情逾父子。江万里死后,他便冒着生命危险,到饶州寻找恩师的尸体,打算将其送回江万里的家乡都昌,却因为元军分掠江西各地而不得不中断。

同年,贾似道垮台,新任宰相陈宜中荐举他到临安史馆任职,辞而不赴。之后不久,朝廷又授他太学博士一职,因元兵已经进逼临安,江西至临安的通道被截断,亦未能成行。年底,与他有同里同学之谊的文天祥,于江西组织兵马,起兵勤王,刘辰翁毅然决然地加入了文天祥的幕府,参赞军务,但这支匆忙招募起来的部队,很快就被元军击败,他亦不得不再次遁往虎溪避祸。

在避祸之间,刘辰翁时刻没有忘记为恩师营葬。因江万里之子江镐下落不明,刘辰翁只好挺身自任,为之奔走跋涉,办理后事,并建庵堂纪念这位忠臣良相。

其时已是元世祖至元十七年（1280年），江西正处于元政府的高压统治下，刘辰翁四处奔走，收葬殉国故相，是要冒着很大风险的，由此也可以窥见他实在是一个非常有担当的男子汉。

办理完恩师的丧事之后，年近五旬的刘辰翁便“托迹方外以归”，出家为僧道，以示决不与新朝合作的决心。晚年唯事著述，除了学术作品之外，便是将满腔亡国之恨，用一支词笔尽情倾诉出来。

元成宗大德元年（1297年），在江西庐陵避居之地，“老来无复味，老来无复泪”的刘辰翁，以老病之身离开了这个已不再属于他的世界。其时，四方学者俱至庐陵会葬，为这位享年六十六岁的老词人送行。

他一生致力于文学创作和文学批评活动，为后人留下了丰厚的文化遗产，曾评点杜甫、王维、李贺、王安石、陆游诸家之作，宋亡前后，多写感伤时事的篇章。能诗文，明人辑有《须溪记钞》，清人辑有《须溪集》，另有《须溪词》存世。

词作风格取法苏辛而又自成一体，豪放沉郁而不求藻饰，真挚动人，力透纸背，为辛派词人“三刘”之一。作词数量位居宋朝第三，仅次于辛弃疾、苏轼，遗著则由其子刘将孙编为《须溪先生全集》，《宋史·艺文志》著录为一百卷，已佚。

第二章

明月×团团

CHAPTER TWO

The full moon

江梅引·人间离别易多时

丙辰之冬，予留梁溪，将诣淮南不得，因梦思以述志。

姜夔

人间离别易多时。见梅枝，忽相思。几度小窗幽梦手同携。今夜梦中无觅处，漫徘徊，寒侵被，尚未知。

湿红恨墨浅封题。宝筝空，无雁飞。俊游巷陌，算空有、古木斜晖huī。旧约扁舟，心事已成非。歌罢淮南春草赋，又萋萋。漂零客，泪满衣。

Song of Riverside Mume
A Dream
Jiang Kui

Long, long ago we bade adieu.
Seeing mume trees,
How can I not miss you?
How many times in our native land
I've dreamed of strolling with you hand in hand!
I can't find you in my dreams tonight;
Alone I toss in bed, left and right.
Without knowing my coverlet chilled through.

The tears I shed on my letter mingle with ink.
None play the lute or drink.
I'll send my letter but find no wild geese.
Last time we visited the lane;
The old trees are now steeped in setting sun in vain,
You can't but break
The promise of boating with me on the lake.
Singing the song of spring grass growing lush again,
The roamer grieves
And sheds tears to wet his sleeves.

庆元二年（1196年）的冬天，我留在无锡，将往合肥而不能实现，便依照梦中所思，以记述自己的感情。

自与你分别以来，已有多时，见到梅枝，相思又忽地涌上心头。一次又一次，在幽深的梦中，梦到与你在小窗下携手同行，遗憾的是，今夜的梦里我却怎么也找不见你，只能独自徘徊在风中，将你悄然等待。梦中的我，只一心思慕着远方的你，凛冽的寒气已将衾被浸透，却是浑然不知。

泪水不经意间又沾湿了红笺，那无尽的怨恨饱蘸着墨迹，即便写了千万句情话，又能如何？意兴阑珊地封了信函，题写了信头，心里却还是空落落的，不自在得很。宝筝已经闲置了许久没有再弹过了，也没有传书的大雁飞过，自是音讯难通。

还记得，我们一起携手游荡的大街小巷，想来而今也只剩下了些古树斜阳吧！旧日里，和你在扁舟上许下的盟约，依稀还在耳畔，却终抵不过岁月的侵凌，所有美好的心愿都已付之东流，转眼成空。

刚刚唱罢淮南小山“王孙游兮不归”的诗句，触目所及之处，都长满了萋萋的春草。叹，我这四处漂泊的游子啊，无论走到哪里，都逃脱不了泪满衣襟的宿命。

宋宁宗庆元二年（1196年）丙辰之冬，姜夔寄居在无锡梁溪张鉴的庄园里。其时，正值园中梅花竞放，看到梅花的词人又想起了远在庐州的恋人，便写下了此词。小序指出："予留梁溪，将诣淮南不得，因梦思以述志。"说明这是借记梦而抒怀之作。

踏莎行·自沔东来丁未元日至金陵江上感梦而作

姜夔

燕燕轻盈，莺莺娇软，分明又向华胥(xū)见。夜长争得薄情知？春初早被相思染。

别后书辞，别时针线，离魂暗逐郎行远。淮南皓月冷千山，冥冥归去无人管。

Treading on Grass

Jiang Kui

Light as a swallow's flight,
Sweet as an oriole's song,
Clearly I saw you again in dream.
How could you know my endless longing night?
Early spring dyed in grief strong.

Your letter broken-hearted,
Your needlework done when we parted,
And your soul secretly follows me.
Over the southern stream
The bright moon chills
A thousand hills
How can you lonely soul go back without company?

体态轻盈若翩跹的燕子，语声娇软若柔媚的夜莺，我分明又在梦中见到她了。恍惚中，仿佛听到她附在我耳边低低地说，这冗长的夜晚得有多么寂寞啊，你这薄情的人儿又怎么会知道呢？春天刚刚开始，蓦然回首才发现，它早就被这无尽的相思情怀给染遍了。

离别之后，她捎来的书信中所说的种种，还有临别时她为我缝制的衣裳，都让我对她的思念与日俱增。她一次又一次地来到我的梦中，仿若传奇故事中的倩娘，魂魄离开了躯体，暗地里一路跟随着心爱的情郎远行，天涯海角走遍。

西望淮南，皎洁的月光下，千山是那么清冷，想必每至拂晓时分，她的魂魄，也会像那西斜的月亮，在冥冥之中独自踯躅着归去，竟连个照管的人也没有，怎不惹我惆怅惶恐。

词人年轻的时候，在合肥（宋时属淮南路）结识了一位美丽的女子，尽管后来分手了，但他始终都对她眷念不已。淳熙十四年（1187 年）元旦，姜夔从他的第二故乡沔州（今湖北省武汉市汉阳）出发，东去湖州途中抵达金陵时，再一次梦见了远别的恋人，便提笔写下了这阕词。

唐多令·惜别

吴文英

何处合成愁。离人心上秋。纵芭蕉、不雨也飕飕（sōu）。都道晚凉天气好，有明月、怕登楼。

年事梦中休。花空烟水流。燕辞归、客尚淹留。垂柳不萦裙带住。漫长是、系行舟。

Song of More Sugar

Wu Wenying

Where comes sorrow? Autumn on the heart
Of those who part.
See the banana trees
Sigh without rain or breeze!
All say that cool and nice is night,
But I won't climb the height
For fear of the moon bright.

My years have passed in dreams
Like flowers on the streams.
The swallow gone away,
In alien land I still stay.
O willow twigs, long as you are,
Why don't you gird her waist and bar
Her way from going afar?

怎样才能合成一个“愁”字，是离人的心上加个秋。纵然是秋雨停歇之后，芭蕉也会因为飕飕的秋风，而发出凄怆的声响。别人都说是晚凉时的天气最好，可我却害怕登上高楼，只因为那皎洁的明月光，会让我滋生思念的忧愁。

光阴荏苒，往昔的种种情事，都仿若在梦中悄悄地溜走了，就像是飞花落在烟波浩渺的流水上，随波逐流，却不知道终究要流到哪里去。群燕已经飞回南方的故乡，只有我还滞留在异乡作客，那丝丝的垂柳不能系住佳人的裙带，却牢牢地拴住我的行舟，奈之若何。

吴文英的这阕《唐多令》写的是羁旅怀人。全词字句不事雕琢，浑然天成，在吴词中堪为别调。此词就内容而论可分两段，然与词的自然分片却不相吻合。

吴文英（约1200年—约1260年），字君特，号梦窗，晚号觉翁。四明（今浙江省宁波市）人，终生不仕，曾在江苏、浙江一带当过幕僚。南宋词人。

他的词上承温庭筠，近师周邦彦，在辛弃疾、姜夔词之外，自成一格。注重音律，长于炼字，雕琢工丽，张炎《词源》说他的词“如七宝楼台，眩人眼目，拆碎下来，不成片段”，而尹焕《花庵词选引》则认为“求词于吾宋，前有清真，后有梦窗”。

鹊桥仙·自寿二首（其一）

刘辰翁

轻风澹(dàn)月，年年去路。谁识小年初度。桥边曾弄碧莲花，悄不记、人间今古。

吹箫江上，沾衣微露。依约凌波曾步。寒机何意待人归，但寂历、小窗斜雨。

Immortals at the Magpie Bridge (I)

Liu Chenweng

The gentle breeze caresses the moon clear
On the way I used to go from year to year.
Who knows I've just passed my birthday?
Beside the bridge with lotus blooms once I did play,
Forgetting what day passed in vain.

I played the flute at dawn on the river,
My gown wet with dew would shiver.
I seemed to see fairy steps over all,
While my wife was waiting by window small,
Listening to the slanting rain.

风儿轻缓缠绵，月色温婉浅淡，又到了年尾辞旧迎新的日子，可谁还会记得，每年的小年就是我的生日呢？曾在桥边抚弄过美丽的碧莲花，早就忘记了今昔是何年，生日的事自然也就不会放在心上了。

泛舟江上，我情不自禁地吹起了一管洞箫，任由细微的露珠沾湿我华美的衣裳，却是无语话伤感。隐约间，有女子步履轻盈地缓缓向我走来，莫不是那踏波而上的江妃？

此时此刻，家中的贤妻正守在冰冷的织布机旁，满怀深意地等候着我的归来，我又怎好辜负于她？想当初，妻子日夜操劳，一直鼓励支持我的学业，我也才能取得一点点功名，可而今，她却只能孤身一人，守在一片岑寂中，倾耳聆听那细雨敲打小窗的声音，怎不让我唏嘘惆怅？

写寿词“尽言神仙则迂阔虚诞”，刘辰翁深识其中的奥秘。因而，他写寿词，则是以神仙之境，来写现实中的际遇，通过自己淡泊超脱的人生态度，表达出了一种复杂的思想感情，堪称是抒写真性情的一流佳作。

鹊桥仙·自寿二首（其二）

刘辰翁

天香吹下，烟霏成路。飒飒神光暗
度。桥边犹记泛槎人，看赤岸、苔
痕如古。
长空皓月，小风斜露。寂寞江头独
步。人间何处得飘然，归梦入、梨
花春雨。

Immortals at the Magpie Bridge (II)

Liu Chenweng

Who blows celestial fragrance down
From misty Milky Way?
Who sheds divine light on my birthday?
I seem to see the Cowherd Star on the red shore,
Where moss grows as of yore.

But in the endless sky the moon is bright;
The dew is slight and the breeze light.
By riverside I stroll in lonely gown.
Where can I be carefree?
A dream of pear blossoms in tears haunts me.

天香馥郁，烟霞弥漫，刹那之间，我仿佛通过璀璨的银河，迅速闯入了神仙的世界。在牛郎织女相会的鹊桥边，放眼望去，我看见赤岸边布满了斑驳的苔痕，好像很有些年头了，这不禁让我想起了当年那个乘着木筏直抵天河的古人。

蓦然回首，哪里还有什么天河天宫？皎洁的月亮，高高地挂在一眼望不到边际的空中，微风斜斜地吹过来，寂寞的我依然独自踯躅在江头，内心充满了无尽的孤独与悲凄。这人世间，何处才能找见让人得大自在的地方，只有在梦中，一回眸，才能与梨花春雨撞个满怀。

这阕词和上一阕词，关系相连，不可分割，当是同时写成的“联章词”。因受到当时社会风气的影响，宋室南渡后，很多文人都热衷于创作寿词，刘辰翁自然也不例外。尽管他的部分寿词不免落入俗套，但这两阕词却是不可忽视的佳作。

鹧鸪天·建康上元作

赵鼎

客路那知岁序移，忽惊春到小桃枝。
天涯海角悲凉地，记得当年全盛时。
花弄影，月流辉，水精宫殿五云飞。
分明一觉华胥梦，回首东风泪满衣。

Partridges in the Sky
Lantern Festival in the Southern Capital

Zhao Ding

The season changes not for a passer-by,
Suddenly I see spring on a sprig of peach tree.
The lost land far away saddens me.
Could I forget its splendor in days gone-by?

With shadows flowers play,
The moon sheds her bright ray.
Over crystal palace rainbow clouds fly.
All, all are gone like a vain dream;
Turning my head in the east wind, down my tears stream.

流亡的路上，哪里有心思去关注节气时序的变化，凝神之际，才忽然惊喜地发现，原来明媚的春光早已爬上了小桃树的枝头。尽管我已流落到荒芜凄凉的天涯海角，但还依然清晰地记得，当年处于全盛时期的东京的模样。

花儿在月光下舞弄着自己的清影，月光流泻出琼玉般的银辉，那水晶宫一样璀璨的宫殿楼台上空，飘浮着象征着王权的五色祥云。俱往矣，曾经的一切，分明就是做了一场虚无缥缈的幻梦，而今，回首东风里，这满心的失落，却只换得泪满衣衫。

宋钦宗靖康二年（1127 年）春，北宋灭亡，宋室渡江南迁。是年秋，赵鼎南渡，沿水路至仪真，大约于年底或次年初至建康，并于上元节之夜写下了这阕抒发故国之思的词作。

赵鼎（1085 年—1147 年），字元镇，号得全居士。解州闻喜（今山西省运城市闻喜县）人，官至宰相。南宋初年杰出的政治家、文学家、书法家。

赵鼎多才多艺，文、诗、词、书法俱佳。文章多为奏疏，气势畅达，浑然天成。至于词，宋人黄升在《中兴以来绝妙词选》中称其词婉媚不减《花间集》，《四库全书总目》亦说他“本不以词藻争短长，而出其绪余，无忝作者，盖有物之言有不待雕章绘句而工者”。

石州慢·寒水依痕

张元幹

寒水依痕，春意渐回，沙际烟阔。溪梅晴照生香，冷蕊数枝争发。天涯旧恨，试看几许消魂，长亭门外山重叠。不尽眼中青，是愁来时节。

情切。画楼深闭，想见东风，暗消肌雪。孤负枕前云雨，尊前花月。心期切处，更有多少凄凉，殷勤留与归时说。到得再相逢，恰经年离别。

Slow Song of Stone State

Zhang Yuangan

Cold water flows along its trace;
Spring comes back to old place.
Among the sands mist spreads high.
The creekside mume exhales fragrance in sunlight;
Some cold sprigs of flowers in blooming vie.
The old regret extends to the end of the sky.
How much it has broken my heart
To be far, far apart!
I see but hill on hill in view
Beyond the Pavilion of Adieu.
The endless green spreads out of sight.
I am surprised
To see grief symbolized.

I'm grieved to see the deep-closed painted bower.
The eastern breeze, methinks,
May have paled your skin snow-white.
Your pillow has not witnessed the fresh shower
Nor your wine-cup the moonlight-brimming flower.
How I feel sad and drear anew
Where my hope sinks!
When I come home, I will tell you.
But when we meet again,
How many years have passed in vain!

刚刚解冻的溪水清冷依旧，还沿着原来的路径缓缓向前流去。触目所及之处，和暖的春意，渐渐爬上了田垄枝梢，空阔平坦的沙洲上，烟雾缥缈，水气迷蒙，眼看着春草马上就要钻出地面了。

溪边的梅树，在朗朗晴日的映照下，氤氲的香气迅即向四周肆无忌惮地扩散开来。定睛望去，数枝冷艳的梅花，正在乍暖还寒的料峭东风中争相吐蕊，以招展的姿态，努力装点着眼前这明媚的新春。

可怜我独自流落在天涯，心中早就积满了无限离愁别恨，却是无可奈何，只能让自己继续沉溺于极度悲怆的情绪中。长亭门外，峰峦叠嶂，那一眼望不到尽头的苍翠，却因为我的惆怅，倏忽间，让整个时节都染上了忧愁烦闷的底色。

遥想独居深闺的你，此刻也必定和我一样，为情所困，思绪纷乱。画楼紧闭，可以想见，即便是春风吹过你的窗扉，不仅不能给你带来丝毫的欢欣，反而会在不经意间暗暗瘦损了你的容颜。

对不起，一直都让你独守空闺，生生辜负了樽前花月的美景，更蹉跎了人生中最美好的岁月。你可知道，我也是归心似箭，恨不能一脚迈进你的香闺，还有这些年我所经受的各种凄凉酸楚，亦都只想留着回去一一向你诉说？可惜，等到我们再度相见的时候，终究是已经分别经年，想必那久别重逢的喜悦，也定然不会湮灭所有的遗憾与不甘。

张元幹本是南宋抗战名臣李纲的行营属官，因不愿与奸臣秦桧同朝，晚年一直在江浙等地漫游，并最终客死他乡。这阕词的别本题为“感旧”，在冬去春来、大地复苏的景象中，生动描摹了词人的思归之情，寄寓了他对妻子、对家乡的深切思念，同时也体现了张元幹词在激昂悲壮之外细腻深情的另一面。

张元幹（1091 年—约 1170 年），字仲宗，号芦川居士、真隐山人，晚年自称芦川老隐。芦川永福（今福建省福州市长乐区）人，曾做过陈留县丞。南宋词人。

金兵围汴，秦桧当国之际，入李纲麾下，坚决抗金，力谏死守。曾赋《贺新郎》词赠李纲，后秦桧闻此事，以他事追赴大理寺将其除名削籍。尔后其漫游江浙等地，客死他乡，卒年约八十，归葬闽之螺山，与张孝祥一起号称南宋初期“词坛双璧”。

贺新郎·席上闻歌有感

刘克庄

妾出于微贱。少年时、朱弦弹绝，玉笙吹遍。粗识《国风·关雎》乱，羞学流莺百啭。总不涉、闺情春怨。谁向西邻公子说，要珠鞍、迎入梨花院。身未动，意先懒。

主家十二楼连苑。那人人、靓妆按曲，绣帘初卷。道是华堂箫管唱，笑杀街坊拍衮gǔn。回首望、侯门天远。我有平生《离鸾操》，颇哀而不愠yùn微而婉。聊一奏，更三叹。

Congratulations to the Bridegroom
A Songstress Singing at the Banquet

Liu Kezhuang

I was born in a humble family.
While young, I played on all the strings of lutes
And blew on jade flutes.
I've learned the Cooing and Wooing song,
But I'm ashamed to hear orioles warbling long.
I will not sing lovers' complaint in spring.
Who would tell the noble son to bring
A saddled horse to carry me
To his boudoir fragrant with white pear flowers?
But before I start,
I'm idle at heart.

The noble son has twelve gardens and bowers.
His favorite infancy dress would play
In the bower green with uprolled screen.
I thought in splendid hall should vibrate fine strings.
But what I hear is laughable vulgar things.
Looking back, I find the mansion far away.
I know my plaintive but not mourning song
I've played all my life long.
Once I but try,
Thrice you would sigh.

妾身出身卑微贫贱，少年时就已沦落为承欢卖笑、仰人鼻息的歌女，对各种乐器的演奏都很精通，无论是弹琴，还是吹笙，都已达到了炉火纯青的地步。

我粗略地领会到了《国风·关雎》这样的雅乐篇所表现出的温柔敦厚的诗教，不屑去学唱那些轻浮淫巧，像流莺百啭似的靡靡之音，更不会涉及闺情春怨，使人萎靡颓丧的男女恋歌。

不知道是哪个多嘴多舌的好事人，在西邻的公子面前，一味地夸我如何色艺双全，终于惹得公子心猿意马起来，要用鞍子上饰有珍珠的宝马香车，把我迎进那开满梨花的深宅大院。但我并未受宠若惊，人还没有动身，便已心灰意懒，更不曾把那梨花深院当成什么好的去处。

西邻公子家果然是豪门富户，楼阁庭院一座连着一座，端的是雕梁画栋、金碧辉煌。在我来之前，这里已经蓄养了很多家伎，我来的时候，第一眼就看到很多涂脂抹粉的靓妆丽人，一个个地正藏身在珠帘绣幌内，合着乐曲的节拍咿咿呀呀地演唱着。表演乐曲的厅堂布置得非常华丽高雅，可惜用箫管伴奏演唱的，却是一些流行于街坊巷陌，不能登上大雅之堂的低级庸俗的曲调，听起来真是笑死人了。

这位公子大概是已经听腻了她们唱的曲儿，所以才出高价将我迎进了大院，可我实在不屑于演唱那些淫词艳曲，很快就惹怒了他，生生被赶了出去。临别之际，我回头望向那座高耸入云的深宅大院，深切地感受到侯门真是比海还深，比天还远，绝不是像我这样的人所能去的地方。

我平生最爱弹的是古曲《离鸾操》，它的曲调哀而不怨，含义精微委婉，听过的人都感叹不已，今天就姑且再为诸位君子弹奏上一曲。

这阕词大约写于宋理宗淳祐二年至四年（1242年—1244年）间，当时刘克庄正奉旨归居于家乡莆田。南宋时期，朝廷积贫积弱，政治昏暗动荡，刘克庄因受到党争牵连，一生多次遭到罢黜，此词正是他借歌女之口，慨叹自己怀才不遇的明志之作。

刘克庄(1187年—1269年)，初名灼，字潜夫，号后村，福建莆田（今福建省莆田市）人。南宋诗人、词人、诗论家，是宋末文坛的领袖，也是辛派词人的重要代表作家，多词风豪迈慷慨之作。在江湖派诗人中年寿最长，官位最高，成就也最大，晚年则致力于辞赋创作，并提出了很多革新理论。

思远人·红叶黄花秋意晚

晏幾道

红叶黄花秋意晚，千里念行客。飞云过尽，归鸿无信，何处寄书得。

泪弹不尽①当窗滴，就砚旋研墨。渐写到别来，此情深处，红笺为无色。

①当窗一作：临窗

Thinking of the Far-off One

Yan Jidao

Red leaves and yellow blooms fall, late autumn is done,
I think of my far-roving one.
Gazing on clouds blown away by the breeze
And messageless wild geese,
Where can I send him word under the sun?

My endless tears drip down by windowside
And blend with ink when they're undried.
I write down the farewell we bade;
My deep love impearled throws a shade
On rosy papers and they fade.

枫叶渐渐地红了，菊花如火如荼地绽放着绚美的风姿，不经意间，又迎来了一个晚秋时节，而她，也不由自主地想念起了千里之外的游子来。

天边的云彩冉冉飞去，转眼的工夫，就消逝得无影无踪，那从远方归来的大雁，也愣是没有捎来他只言片语的讯息。不知道游子的去处，这满腹的相思，即便写成书信，又能寄往何处呢？

想他，念他，倚着窗儿暗伤魂，那思慕的泪水又一次止不住地流了出来，不偏不倚，正好滴落到了窗下的砚台上。罢了，罢了，索性就拿它来研墨写信吧，总要叫他知道，这一撇一捺、一横一竖的字迹，都是她一点一滴的泪珠所凝成的。

渐渐地，就写到了离别之后发生的事。情到深处，那泪水更是一发不可收，一颗一颗，缓缓滴落到信笺上，竟然把红笺的颜色给染淡了。

这阕词与小晏惯常的“情溢词外，未能意蕴其中”的风格不同。全词用笔甚曲，下字甚丽，宛转入微，味深意厚，堪称小晏词中别出机杼的异调。

晏幾道（1038 年—1110 年），字叔原，号小山，抚州临川（今江西省南昌市）人，“宰相词人”晏殊第七子，北宋著名词人。

历任颍昌府许田镇监、乾宁军通判、开封府判官等职。性孤傲，与其父晏殊合称“二晏”。词风似父而造诣过之，工于言情，尤擅小令，语言清丽，感情深挚，是婉约派的重要词家，有《小山词》一卷存世。

北宋宝元年间，富贵名臣晏殊迎来了自己第七子晏幾道的降生。晏殊对这个儿子极尽宠爱，对他寄予了深厚期望，希望他能以上善若水的品性而成大器。晏幾道也没让他的宰相父亲失望，自幼便醉心于诗书典籍，小小年纪就已经学富五车、文采斐然，七岁便能赋文，遗传了父亲的文学天赋，十四岁就参加科举考试，拿了个进士的身份回来。

在父亲的庇护之下成长的晏幾道，打小就混在绮罗脂粉堆中，珠围翠绕，锦衣玉食，不谙人间疾苦，每天只知道吟诗作对、对酒当歌，生活里充满了明媚的阳光，有的只是无限的诗情画意与阳春白雪，且从来都不曾失意过。

他的六位兄长先后步入仕途，而晏幾道则一直过的都是逍遥自在的风流公子生活。他喜欢收藏书籍，且藏书非常丰富，据说这一嗜好一直保持到生命的终结。此后每次搬移藏书，妻子都会为此烦恼异常，嘲讽他像乞丐搬破碗，他还特意作诗请妻子理解和珍惜这些书。

宋仁宗至和二年（1055 年），父亲晏殊去世，晏幾道春风得意的生活也随之结束，不满十八岁的他，立刻感受到了现实社会的霜刀雪剑。其时，他和六哥

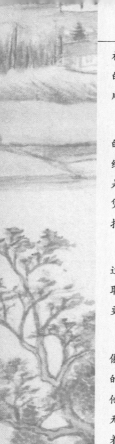

祗德、八弟传正及姐妹四人都还年幼，皆由二哥承裕的妻子张氏“养毓调护”，嫁娶成家，日子过得并不顺心。

尽管是宰相之子，却因为种种政治原因，晏幾道的仕途之路走得并不顺畅，甚至遭到朝廷的冷遇，始终沉沦下僚，只得了个太常寺太祝的清闲小官，且还是看在他父亲的面上赐他的恩荫。才华横溢的他也曾凭借诗才博得龙颜大悦，也曾以卓越的文辞震惊四座，把他摆在这么个尴尬的位置上，他自然是心有不甘。

可不甘终归不甘，面对这样的安排，他也没有说过什么，更没有利用父亲留下的人脉关系去为自己谋取一个锦绣前程。人格高贵如晏幾道，他不愿依傍父亲，更不屑于为了功名利禄而抛却自己一贯的原则。

晏幾道的清高倨傲是出了名的，而也正因为他清傲纯真的痴性，才成就了他的词名。含着金汤匙出生的翩翩贵公子，终其一生都活在回忆和幻梦里，难怪他的知交黄庭坚说他痴亦绝人，唤他为“云间晏公子”。无独有偶，因为他半生困顿，不屑营谋，宁可终日过着捉襟见肘的生活，也不肯求于他人，后人亦都称他为“古之伤心人”。

那个时候，他的词作也和他父亲的风格非常相似，情臻婉雅，不流于俗。他就一直做着他微不足道的小官，直到父亲去世十九年后的宋神宗熙宁七年（1074 年），他的朋友郑侠因进《流民图》，坚决反对并抵制王安石变法，而被罗织罪名，交付御史台治罪。身为官二代，从小对官场耳濡目染，晏幾道对政局也有着自己独到的看法，他也曾劝郑侠明哲保身，叵耐对方无动于衷，结果被缉捕下狱，并牵连他也跟着被投入大牢。

政敌们从郑侠家中搜到晏幾道写给郑侠的一首诗《与郑介夫》："小白长红又满枝，筑球场外独支颐。春风自是人间客，主张繁华得几时？"这些人如获至宝，以讽刺"新政"、反对改革为名，立即将晏幾道逮捕下狱。尽管宋神宗旋即释放了晏幾道，整件事也有惊无险，但经过这么一折腾，原本就坐吃山空的家底变得更加微薄了，晏家的家境也跟着每况愈下。

这件事对其时已经三十七岁的晏幾道来说，是一个不小的打击，他也由此从一个书生意气的公子哥，彻底沦落为潦倒落魄的贵族，哪怕后来被重新启用，外派做官，他亦未能恢复元气。世情凉薄深深地刺伤了他，余生未能继承父亲政治才能的他，依然心灰意冷地做着卑微的小官，写着他的词，做着他的梦。

他也曾不甘心，却无能为力。其实，朝堂内一半多的官员都是晏殊的门客，但生性高傲痴狂的晏幾道，自是不会为名利而摧眉折腰的。幸运的是，在尝尽世态炎凉和人情冷暖之后，晏幾道终于开始了真正意义上的生活和创作，他和他笔下的词，都变得愈发深刻沉郁起来。

有至情之人，才能写出有至情之词，他的心冷到了极点，他的词却开出了绚烂多姿的花来。褪去侯门贵子的身份，晏幾道的文字变得深婉沉稳，比之从前那些华丽却略显苍白的文章，更加撼动人心。

晚年时，晏幾道因为两经狱空的良好政绩而得到升迁的机会，他却选择提前致仕，退居京城赐第，从此再也不过问仕途之事，更不愿与官场中人交际。《砚北杂志》里记载了这样一个故事，宋哲宗元祐初年（1086年），已经名满天下的苏轼，因为门人黄庭坚的关系而想要结识晏幾道。没想到晏幾道却表示，现在政事堂里，有一半是他家的世交旧客，他都没空会见，最终的结果，便是对苏轼避而不见。

晏幾道不想和权贵往来，也是对时局的抵触，既然无力改变什么，亦不愿随俗浮沉，便只好偏执地在自己编织的梦里守护着那颗赤子之心，并把这种执着注入词集《小山词》中。《小山词》今存词260首，其中长调仅有三首，其余均为小令。终宋一朝，抑武扬文，小令是宋词最初的形式，晏殊和晏幾道父子都是小令的坚持者，但词风和情调则完全不一样。晏殊位极人臣，一生富贵，下笔如行云流水，满是圆融与悠然；晏幾道的小令，则词如其人，深情款款，淡语有味，浅语有致，表面言情，实则吟咏人生。

一个人的性格里，往往藏着他一生的命运，而一个人的作品里，也藏着他与众不同的性格。晏幾道并不认可当时日渐盛行的慢词，终生都专注于小令的创作，也反映出他的痴诚和真挚。他的小令，在宋初发展到一个高峰，用清壮顿挫的艺术性，糅合了晏殊词典雅富贵与柳永词旖旎流俗的特性，使词这种艺术形式登上大雅之堂，并发挥出扭转雅歌尽废的历史性作用。

第三章

画桥×流水

CHAPTER THREE

Beneath the painted bridge water flows by

长亭怨慢·渐吹尽

姜夔

予颇喜自制曲。初率意为长短句，然后协以律，故前后阕多不同。桓大司马云：『昔年种柳，依依汉南。今看摇落，凄怆江潭：树犹如此，人何以堪？』此语予深爱之。

渐吹尽，枝头香絮，是处人家，绿深门户。远浦萦回，暮帆零乱向何许？阅人多矣，谁得似长亭树？树若有情时，不会得青青如此！

日暮，望高城不见，只见乱山无数。韦郎去也，怎忘得、玉环分付：第一是早早归来，怕红萼无人为主。算空有并刀，难剪离愁千缕。

Complaint of the Pavilion of Adieu

Jiang Kui

Gradually the western breeze has blown
All fragrant willow catkins down.
The leaves so green
Hide houses like a screen.
The winding streams stretch high and low;
Where will the lonely sail in twilight go?
Who's seen more people part
Than trees of the Pavilion of Adieu?
If they had a heart,
Would they grow green and lush anew?

At sunset I can't see the city wall
But rugged hills which rise and fall.
Though I've left you, can I forget what you said
While putting on my finger your ring of jade:
"O first of all,
Come back as early as you can, for I'm afraid
None will take care
Of the peony red."
In vain of scissors sharp have I paired;
Of parting grief how can I cut off thread on thread?

我很喜欢自己作曲，刚开始时，经常随意写下各种长短句，然后再慢慢调整，配以乐曲，所以前后片有很多不同之处。桓温大司马曾说：“昔年在汉南种下的依依杨柳，是多么袅娜动人。而今江边潭畔，柳叶片片摇落，又让人感到无比凄婉。时光流逝，春秋交替，树犹如此，人又岂能逃得过岁月的沧桑变迁呢？”这几句话我异常偏爱。

春风缓缓吹尽了枝头上的柳絮，定睛望去，那掩映在绿荫深处的却是一户人家。远处的水湄迂回曲折，日落黄昏，有几艘张着帆的船只，正零乱地停在岸边，也不知它们究竟要驶到哪里去。

再没有谁，能比长亭边的柳树，见过更多离别的场面。它若是懂得人间的情意，想必一定不会像现在这般，依旧年年青葱苍翠，只怕早就黯然神伤，肝肠寸断。

天色渐渐向暮，放眼望去，高高的城楼已隐约不见，但见一片起伏连绵、乱石穿空的山峰，兀自悠闲地屹立于天地间。

怎么也无法忘记，临别之际你对我的殷殷细语。你说，我就像韦郎一样离你而去，你说你永远也不会忘记我交付给你的玉环信物，你还说，最要紧的是记住早早归来，因为你害怕自己会像没人怜惜的红花一样孤单，更无人替你的青春做主。往日的一切都历历在目，即使有并州制造的锋利的剪刀，也是枉然，因为它们根本就无法剪断我心头丝丝缕缕的愁绪。

这阕词是言情忆别之作。据夏承焘《姜白石词编年笺校》中《行实考·合肥词事》考证，姜夔二三十岁时曾游历合肥，并与某对歌女姐妹相识，情好甚笃，其后更屡次往来于合肥，而这段经历，也曾多次在他的词作中有所体现。宋光宗绍熙二年(1191年)，姜夔又一次前往合肥，但很快就离开了，这阕《长亭怨慢》词，大约即是他离开合肥后忆别情侣之作。

暗香·旧时月色

姜夔

辛亥之冬，予载雪诣石湖。止既月，授简索句，且征新声，作此两曲，石湖把玩不已，使工伎肄习之，音节谐婉，乃名之曰《暗香》《疏影》。

旧时月色，算几番照我，梅边吹笛？唤起玉人，不管清寒与攀摘。何逊而今渐老，都忘却春风词笔。但怪得竹外疏花，香冷入瑶席。

江国，正寂寂，叹寄与路遥，夜雪初积。翠尊易泣，红萼无言耿相忆。长记曾携手处，千树压、西湖寒碧。又片片、吹尽也，几时见得？

Gloomy Fragrance
Secret fragrant incense

Jiang Kui

How often has the moonlight of yore shone on me
Playing a flute by a mume tree?
I'd awaken the fair
To pluck a sprig in spite of chilly air.
But now I've gradually grown old
And forgotten how to sing
Of the sweet breeze of spring.
I wonder why the fragrance cold
From sparse blossoms beyond the bamboo should invade
My cup of jade.

This land of streams
Still as in dreams.
How could I send a sprig to her who's far away
When snow at night begins to weigh
The branches down? Even my green goblet would weep
And wordless petals pink be lost in longing deep.
I always remember the place
Where we stood hand in hand and face to face.
A thousand trees in bloom reflected
On the cool green West Lake. And then
Petal on petal could not be collected
Once blown away. O when
Can we see them again?

辛亥年的冬天，我冒雪去拜访石湖居士。居士要求我谱写新曲，于是我便创作了这两首词曲。石湖居士听后吟赏不已，教乐工歌妓练习演唱，音调节律皆悦耳婉转，于是将其命名为《暗香》《疏影》。

忆往昔，那片皎洁的月光，曾经无数次地映照着我，任我对着一树梅花，吹响一支支曼妙的笛曲。笛声唤起了美丽的佳人，她顾不上清冷寒凉，兀自跟着我一道攀折枝头的梅花。

而今的我，就像何逊一样渐渐衰老了，往日里春风般绚丽的辞采和文笔，也都全然忘记。华丽的宴席上，一股沁人心脾的幽香缓缓地袭来，让人很是讶异，仔细搜寻，才发现那香气是从竹林外稀疏的梅花枝头传来的，冷不防又让我想起了那些曾经美好的日子。

此时此刻的江南水乡，正是一片清朗岑寂。想折枝梅花寄给远方的人，却叹路途迢遥，加之下了一晚的大雪早已积满了大地，更不知要何去何从。捧起翠玉酒杯，忍不住洒下几滴伤心的泪珠，却只能默无一言地对着眼前的红梅花，一再地把往事追忆。

总是会毫无来由地回想起曾经与她携手同游的地方，那千株梅林的枝头压满了迎风绽放的红梅，西湖上更是泛着一片凛冽澄碧的寒波，每一个角落都彰显着无比的灵动与清幽。遗憾的是，眼前的这片梅林，枝头上的梅花早就被风雪吹得支离破碎、片片凋零，更不知道会在何时才能重新见到它艳丽的风姿与傲人的风骨。

这阕词创作于宋光宗绍熙二年（1191 年），与词人《长亭怨慢·渐吹尽》为同年之作。是年冬，姜夔冒雪访范成大于石湖。他在石湖住了一个多月，曾自度《暗香》《疏影》二曲以咏梅，使人耳目一新，字里行间则又蕴藏了无尽的忧国之思，并体现了词人个人生活的不幸。

疏影·苔枝缀玉

姜夔

辛亥之冬，予载雪诣石湖。止既月，授简索句，且征新声，作此两曲，石湖把玩不已，使工伎肄习之，音节谐婉，乃名之曰《暗香》《疏影》。

苔枝缀玉，有翠禽小小，枝上同宿。客里相逢，篱角黄昏，无言自倚修竹。昭君不惯胡沙远，但暗忆、江南江北。想佩环、月夜归来，化作此花幽独。

犹记深宫旧事，那人正睡里，飞近蛾绿。莫似春风，不管盈盈，早与安排金屋。还教一片随波去，又却怨、玉龙哀曲。等恁时、重觅幽香，已入小窗横幅。

Sparse Shadows

Jiang Kui

The moss-grown branch seems covered with jade green
Where a pair of kingfishers blue
Roosting side by side are seen.
Roving at dusk by the hedge-row, I met her who
Without a word, was leaning on a tall bamboo.
The Bright Lady, unused to distant Tartar sands,
Secretly longed for the northern and southern lands.
I fancy her returning at the moonlit hour
And metamorphosed into this lonely flower.

I still remember in the ancient palace deep,
Where the fair princess lay asleep,
A blossom flew near her green-painted brows.
Be not like a spring breeze
Which blows away blossoms from trees!
Shelter them in a golden house!
Another petal drifts with the waves; you'll complain
Of Jade Dragon flute's mournful song.
But when you come to seek the furtive scent again,
You'll find it in a picture near the window long.

长有苔藓的梅树枝梢上，缀满了像美玉一样冰清玉洁的梅花，其间还有两只活泼可爱的小翠鸟，一直都相依相伴地栖宿在梅花丛中。

有幸在他乡见到梅花的倩影，自是欢喜无限。它就像一位二八佳人，兀自屹立在夕阳西下的篱笆墙边，默无一言，只静静地倚着它身旁修长的翠竹，满面的娇羞与懵懂。

清芬美丽的梅花，让我想起了远嫁匈奴的王昭君，她因为不习惯北方的荒漠生活，心里总是暗暗怀念着江南江北的故土。此时此刻，我多希望她能够戴着叮当作响的玉佩，趁着月夜缓缓归来，哪怕就此化作一缕梅花的幽魂，孤独终老，也比一个人在遥远的北方，守着那不尽的凄惶度过一生要好得多。

还记得故纸堆里，那些发生在前朝后宫的旧事。那日，寿阳公主正耽溺在花团锦簇的春梦里，久久不愿醒来，冷不防，从枝头飞落而下的一朵梅花，正好不偏不倚地就掉在了她的眉际。从此，这世间的女子，便又多了一种更添妩媚的梅花妆。

千万不要做那无情的春风，偏生没有一点怜香惜玉的心事，哪怕梅花生得再清丽再动人，依旧要将它残忍地吹落枝头。倒是应该早早地给它安排好金屋，让它有一个好的归宿，不要再承受任何的风吹雨打。

然而，这一切终不过只是我的一厢情愿，梅花还是一瓣一瓣地落下枝头，漫随流水逝去，到最后，我也只听到了一支玉笛吹响的《梅花落》曲，一如既往地充满了哀伤与无奈。怕只怕，等我再想要去踏雪寻梅，重新握一把幽香在手之际，却只能在小窗的画轴间看到它扶疏的枝叶。

这阕词与《暗香·旧时月色》是咏梅的姐妹篇，集中描绘了梅花清幽孤傲的形象，寄托了词人对青春、对美好事物的怜爱之情，不仅表现出了梅花的高洁、幽独，也借此咏叹了作者自己的身世。

金人捧露盘·水仙花

高观国

梦湘云，吟湘月，吊湘灵。有谁见、罗袜尘生。凌波步弱，背人羞整六铢轻。娉娉袅袅，晕娇黄、玉色轻明。

香心静，波心冷，琴心怨，客心惊。怕佩解、却返瑶京。杯擎清露，醉春兰友与梅兄。苍烟万顷，断肠是、雪冷江清。

The Golden Statue with Plate of Dew
The Daffodil

Gao Guanguo

Like Southern cloud in dream,
Singing of the Southern moon,
Who mourns for the fairy queen alone?
Who has seen on the stream
Her stainless silk socks white
Treading on waves with steps light?
Turning her back to strip off,
She's slender and tender for man to love.
She faints in charming yellow hue
Like a jade bright in view.

Her sweet heart is tranquil
Amid waves chill.
A lute complains,
Her heart feels pains.
I am afraid
Rid of her pendants of jade,
She would return to fairy bower.
Holding a cupful of clear dew,
She'd drink with orchid and mume flower.
Mist-veiled for miles and miles till out of view,
It breaks her dream
To see the snow-clad clear stream.

每次看到水仙花，就像在梦中见到了湘水女神。湘水之上，云雾缥缈月朦胧，美得宛如仙境一般，我兀自吟诵着湘月，默默凭吊着湘水之灵，内心一片澄澈欢喜。

女神罗袜无尘，在水波上凌空行走，步履轻盈，却又总是满面娇羞地背过众人，轻轻整理着她的薄纱罗衣，端的是百媚丛生。纤尘不染的水仙花，从水中缓缓升起，就跟湘神一样亭亭玉立，百媚千娇，那花瓣的色泽犹如晕染般娇嫩灿黄，又如玉色般莹润明丽，它身披薄纱，袅娜娉婷，宛如那凌波仙子，美不胜收。

水仙花兀自在静默中散发着缥缈的幽香，哪管得那湘水寒意彻骨，自是风流傲然。远处，有幽怨的琴声悠悠地袭来，那若隐若现的凄惶之声，不由得令羁旅之人心生忧惧，只怕女神无端地解下佩玉，毅然决然地返回仙宫，亦怕这好景不常在，好花易凋零。

当那状如高脚酒杯，被高高擎起的水仙花冠之中，盛满了醇香的清露之际，就连与它情同手足的春兰与梅花，也必然要为之酣醉一场。回首，湘水之上，苍烟弥漫，雪冷江清，处于此等烟波浩渺、迷茫冷清的境界，也难怪这娇羞柔弱的水仙花，都仿若湘灵一般肝肠寸断了。

自宋代开始，士大夫与文人阶层，因受到崇尚理学思想的影响，特别善于从大自然中探寻事物的哲理，并创作了大量吟咏水仙的词作。词人在清晨赏花之际，看到清逸幽雅的水仙花，想到它极其容易凋零，不免产生惜花留花之意，并由此创作了该词。

高观国（生卒年不详），字宾王，号竹屋。山阴（今浙江省绍兴市）人。生活于南宋中期，年代约与姜夔相近。他的词作句琢字炼，格律谨严，世人对其评价甚高，有《竹屋痴语》一卷存世。

踏莎行·雨中观海棠

刘辰翁

命薄佳人，情钟我辈。海棠开后心如碎。斜风细雨不曾晴，倚阑滴尽胭脂泪。

恨不能开，开时又背。春寒只了房栊闭。待他晴后得君来，无言掩帐羞憔悴。

Treading on Grass
Crabapple Flowers Viewed in Rain

Liu Chenweng

Ill-fated beauty in view,
How can I not fall in love with you?
I'm broken-hearted to see you fade.
In wind and rain fine day's no more;
You've shed all rouged tears by the balustrade.

To my regret you are not in full bloom
When you're in bloom, I fall in gloom.
For spring is cold and I must shut the door.
When the day's fine, I see you sigh,
Wordless, veiled by the screen, languid and shy.

自古佳人多薄命，却又总是钟情于我这般的惜花之人。海棠花绽放之后，我便即心如刀绞，一点点地碎在了这恼人的风雨之中。

春风兀自刮个不停，春雨也跟着绵延不绝，未曾有过片刻的转晴。那倚在栏杆旁红似胭脂的海棠花儿，终日里经受风吹雨打的侵凌，当雨滴轻轻滚过花瓣缓缓落下的时候，就好像是它在不尽的委屈中，流下了断魂的伤春泪水。

总是恨它不能长久地绽放，总是期盼它早日绽满枝头，却不料，等到它铺天盖地地绽放之际，冷不防又碰上了这连绵的阴雨天，怎不让人心生怨恼？

春寒料峭，风雨飘摇，家家户户窗扉紧闭，又哪里有人还能心生赏花的兴致？只怕等到风和日丽，赏花人再来之际，海棠花却已饱受风雨的摧残，失去了往昔的风采，唯余满枝残叶，自是无言以对，羞以憔悴示人。

刘辰翁所处的时代，南宋小朝廷长期以来，一直受到北方蒙古人的侵扰，国势衰颓，岌岌可危。这阕词在爱花、惜花的情感之中，交织着词人的家国之忧，凭借对雨中海棠的描摹，不仅表达了词人对美好事物备受摧残的惋惜之情，还彰显出了他的期待、失望、叹惋、感伤等多种复杂的心境。另外，这阕词与作者其他轻灵婉丽之作不同，堪称别具一格。

双双燕·咏燕

史达祖

过春社了，度帘幕中间，去年尘冷。差池欲住，试入旧巢相并。还相雕梁藻井，又软语、商量不定。飘然快拂花梢，翠尾分开红影。

芳径，芹泥雨润。爱贴地争飞，竞夸轻俊。红楼归晚，看足柳昏花暝。应自栖香正稳，便忘了、天涯芳信。愁损翠黛双蛾，日日画阑独凭。

A Pair of Swallows

Shi Dazu

Spring's growing old.
Between the curtain and the screen
The dust in last year's nest is cold.
A pair of swallows bank and halt to see
If they can perch there side by side.
Looking at painted ceiling and carved beams
And twittering, they can't decide,
It seems.
Clipping the tips of blooming tree,
They shed
The shadow of their forked tails so green
And cleave their way through flowers red.

Along the fragrant way
Where rain has wetted clods of clay,
They like to skim over the ground,
Striving to be fleet
In flight.
Returning late to mansion sweet,
They've gazed their fill, till in twilight
Dim willows are drowned,
And flowers fall asleep.
Now they'd be perching deep
In fragrant nest,
Forgetting to bring message from the end of the sky.
Grieved, with eyebrows knit, the lady's seen to rest
Her elbow on the painted balustrade and sigh.

刚刚过了春社，燕子们就忙着在楼阁的帘幕间飞来飞去，寻找适合筑巢的所在。屋梁上落满了去年留下的灰尘，那空空如也的旧巢显得甚是冷清。它们分开羽翼，参差慢飞，并双双试探着钻入旧巢并宿，以确定这巢穴到底是不是它们去年留下的。

在鸟巢里安顿好后，它们不断好奇地张望着头顶的雕梁藻井，又呢喃软语着商量个不停。待确定这巢穴就是它们去年所筑后，倏忽间便又飞出了鸟巢，如闪电般悄然掠过檐下的花梢，那如剪的翠尾，瞬间便划开了一道红色花影。

芳香弥漫的小径上，春雨将筑巢的草泥融融浸润。衔着春泥的燕子，总是喜欢贴着地面争飞，仿佛要比比谁更俊俏轻盈。回到红楼时，天色已晚，看够了昏暝中的柳枝花影后，它们便自顾自地回到巢穴，在一缕幽香中相依相偎着酣然睡去，竟忘了要替远方的天涯游子捎回写尽相思的书信。这可愁坏了那位一直都在闺中翘首以盼的憔悴佳人，她望蹙了眉头，望穿了春水，终日里独自倚着画栏默默地守候，怎一个惆怅了得。

燕子是古诗词中常用的意象，诗如杜甫，词如晏殊等，然而，古典诗词中全篇咏燕的妙词，则要首推史达祖的这阕《双双燕》。这阕词不仅描绘了春燕重归旧巢、软语多情、花间竞飞、轻盈俊俏的神态，也抒写了“日日画阑独凭”者所希冀和追求的愉悦美满的生活。

史达祖（生卒年不详），字邦卿，号梅溪，汴（今河南省开封市）人。南宋婉约派重要词人，风格工巧，推动宋词走向基本定型。

东风第一枝·咏春雪

史达祖

巧沁兰心，偷黏草甲，东风欲障新暖。漫凝碧瓦难留，信知暮寒较浅。行天入镜，做弄出、轻松纤软。料故园、不卷重帘，误了乍来双燕。

青未了、柳回白眼。红欲断、杏开素面。旧游忆着山阴，后盟遂妨上苑。寒炉重熨，便放慢春衫针线。恐凤靴，挑菜归来，万一灞(bà)桥相见。

The First Branch in the Eastern Breeze
To Spring Snow

Shi Dazu

Penetrating with art
Into the orchid's heart,
And clinging like a lass
To the leaves of grass,
The eastern breeze brings new warmth you try to delay.
Congealed on green tiles, you cannot long stay;
Coming late, we know you are thin and light.
Flying up or down to the mirror of the sky,
You seem to be soft and sly.
Seeing the undrawn screen in my hometown,
The swallows coming back would take it for place unknown.

The grass still green,
Willows turn white;
Apricot's rosy face
Is veiled with grace.
You beautify the friends' journey at night,
And delay poets' visit to garden scene.
The stove rekindled for you,
We may put off the sewing of spring garment new.
I fear I cannot meet
The beauty coming with vegetables sweet,
Then how could I seek my metrical feet?

雪花巧妙地沁入兰花的花蕊，偷偷地粘上春草的嫩芽，仿佛想要以一己之力，阻挡住春风送来的温暖。那些落在碧瓦上的雪花很快就融化了，让人不得不相信，傍晚时的寒意还是很浅很浅的，要不怎么说春天来了呢。一个人独自行走在铺满积雪的桥面上，倏忽之间，仿佛闯入了白云做成的天地。池沼澄净如明镜一般，洁白的雪花把这世间的万物，都一一装点得轻柔细软。想必此时的故乡也必是天寒地冻，层层的帘幕更未来得及卷起，生生阻隔了乍然归来的双燕。

杨柳才染上青色，因为一场不期而遇的春雪，那初生的柳叶便即变成了千万只白眼；刚刚绽开的杏花，那红红的面庞也在瞬息之间化作了粉妆素面。

想当年，王徽之雪夜访戴逵，都快到门口了却又转身而返，还有司马相如，在赶赴梁王的兔园之宴时，因雪路难行，愣是比别人晚到了许久。昔人雪中嬉游的往事，到而今，却成了我心之所向，只是，如此浪漫的日子里，我会不会也有类似的际遇呢？

深闺中的女子，又把熏炉重新取了出来并将之点燃，以驱逐春雪带来的寒意。这雪啊，下的真不是时候，眼瞅着气候一时半会儿也不会转暖，所以手中赶制春衫的针线活也不期然地放慢了下来。怕只怕，等到了二月初二挑菜节那天，穿着凤纹绣鞋的佳人从江边挑着菜回来，与我在灞上相遇之际，却仍是寒气未褪。

咏物词主要是借物抒情或托物言志，到南宋时，咏物词已进入成熟期，不仅数量众多，而且更重视写作技巧和形式美。史达祖的这阕咏物词，以深入细腻的笔触,生动形象地描摹出了春雪的特点，以及雪中草木万物的千姿百态。

瑶花慢·琼花

周密

后土之花，天下无二本。方其初开，帅臣以金瓶飞骑，进之天上，间亦分致贵邸。余客辇下，有以一枝……（原本以下残阙）

朱钿宝玦jué，天上飞琼，比人间春别。江南江北曾未见，谩拟梨云梅雪。淮山春晚，问谁识、芳心高洁？消几番、花落花开，老了玉关豪杰！

金壶翦jiǎn送琼枝，看一骑红尘，香度瑶阙。韶华正好，应自喜、初识长安蜂蝶。杜郎老矣，想旧事、花须能说。记少年，一梦扬州，二十四桥明月。

Song of Jasper Flower
To the Jasper Flower

Zhou Mi

Like red headdress adorned with jade,
You are a fairy flying down from the sky;
Seeing you, other spring flowers would feel shy.
On southern shore or northern, where
You surpass snowlike mume and cloudlike pear.
When late spring comes anew,
Who is on southern hills as pure as you?
How many times you blow and fade!
How many heroes have grown old and unmade!

Your branch cut down and sent in golden vase
By galloping steeds raising a cloud of dust red
With fragrance wide spread.
In your prime you'd be glad to know the bees
And butterflies in the breeze.
The poet's old. Forget not what he says
Of the bygone days.
While young, he dreamed of the city bright
With twenty-four bridges immersed in moonlight.

扬州后土祠的琼花，天下独此一家，外人难以得见。初开的时候，当地长官就命人将它们的花枝剪下来，插入金瓶，飞马送入宫中，余下的也都分发给了各路达官显贵，我亦有幸分得一枝……

它仿若簪着金花钿饰、佩戴着珍贵玉玦的九天仙女许飞琼，比起人间的所有春色，自是不同。这琼花，无论在江南，还是在江北，我都从未曾见过，它美得不可方物，不拘一格，请别胡乱地将它比作白云、梨花，抑或梅花与白雪。

淮水旁的都梁山，春已迟暮，试问这世间又有谁能够识得它的芳心高洁呢？叹只叹，经过了几番花开花落，那些守卫在边疆上的英雄将士们，也都已经渐渐衰老了。

一枝枝琼花被剪下来，插在酒壶中送走。凝眸处，但见传送者骑上一匹快马，扬鞭卷起万丈红尘，怕不是要让这人间少有的异香，直抵那远方的瑶台宫阙。春光正好，花儿也应该正暗自欣喜着吧，初来乍到，便能够在京城结识那些像蜜蜂、蝴蝶一样爱花的权贵们，也算是它们今生最好的造化了。

我已经像暮年的杜牧一样老了，想来过去那些倚红偎翠的遗际，这些曾经作为见证存在的琼花，倒是能够说得头头是道吧？回想起少年时在扬州生活的那段经历，简直就像一场幻梦，那时候，二十四桥都还被浸染在一片宁静的明月光影之中，总让人欲罢不能。

宋度宗开庆元年（1259年），宋军败于元军，奸相贾似道暗中与元军屈膝议和，并答应称臣纳款。元军退兵后，贾似道又谎报大捷，骗赏邀功。咸淳初，元军卷土重来，围攻襄阳、樊城，情况非常危急，宋度宗却日日沉湎于酒色之中，对前方战事不闻不问。而贾似道却一边将告急边书匿而不报，一边径往西湖大造楼阁亭馆，日日笙歌纵酒。《瑶花慢》词正是针对这样一个社会现实有感而作。

词原有一百五十余字的长序，但今传《蘋洲渔笛谱》版本却只留下了四分之一，使后人无法更多地了解这阕词的创作背景和作者的意图，殊为可惜。

陈廷焯和周济都对这阕词十分推崇。陈在其《白雨斋词话》中评曰："不是咏琼花，只是一片感叹，无可说处，借题一发泄耳。"周济的《宋四家词选》中也赞道："一意盘旋，毫无渣滓。"

《瑶花慢》虽系咏物之作，但借花讽喻，具有强烈的政治抒情色彩。词人通过咏物对象，把历史与现实紧密地联结在一起，指出亡国之祸迫在眉睫。而更为难能可贵的是，作者在词序中公开表明此词是针对进贡琼花而发，颇有白居易《新乐府》的现实主义精神，而这在南宋词坛上并不多见。

周密（1232年—约1298年），字公谨，号草窗，又号四水潜夫、弁阳老人、华不注山人等。原籍济南，后为吴兴（今浙江省湖州市）人。南宋文学家。

水龙吟·白莲

张炎

仙人掌上芙蓉，涓(juān)涓犹滴金盘露。轻装照水，纤裳玉立，飘飘似舞。几度销凝，满湖烟月，一汀鸥鹭。记小舟夜悄，波明香远，浑不见、花开处。应是浣纱人妒。褪红衣、被谁轻误？闲情淡雅，冶姿清润，凭娇待语。隔浦相逢，偶然倾盖，似传心素。怕湘皋珮解，绿云十里，卷西风去。

Water Dragon Chant
To the White Lotus
Zhang Yan

The lotus in the fairy's band
Drips drops of dew on golden tray.
Mirrored on water, your light dress aglow,
Like jade in a fine robe you stand
As a dancer you swing and sway.
From time to time you fade and blow,
When the lake is veiled in mist or steeped in moonlight,
And gulls and herons perch on the sand.
Remember my leaflike boat in a quiet night
On clear waves where fragrance spreads far,
White dressed I cannot find where you are.

Even the beauty should envy you,
When you take your rosy dress off.
Who would not fall with you in love?
You are elegant at leisure
Or charming with pleasure.
You fascinate as if you would speak anew.
I see you in the lake in view:
Sometimes you lean apart
As if you would open your heart,
But when the west wind blows, I'm afraid,
With your cloudlike green leaves you would fade.

它就像处在铜铸的承露盘当中仙人掌上的芙蓉，花瓣上水滴涓涓，犹如晶莹的玉露般清丽无尘。淡雅的装束与湖水交相辉映，那朦胧的月色，更恰似为它披上了一件薄薄的衣衫，微风过处，翩翩起舞若明艳的九天仙子。

为一睹它的芳容，我一次又一次地来到这里，徘徊复凝望，深深为之沉醉。放眼望去，湖面上烟雾缭绕，月光缥缈，不远的沙洲上，则停满了悠闲的鸥鹭，好一派殊胜之景。还记得，我曾在一个月夜里，悄悄驾着小舟渡过河流，白纱似的月光照着清澈的水波，远处传来白莲花的缕缕清香，可我全然不知它到底花开在何处。

大概是浣纱女嫉妒它太过美丽，才让它把红装褪去，换成了一袭素裹，以此来减少它的魅力，好让人对它有所轻谩。它神情淡雅，姿容清丽，满面的娇羞，仿佛有不尽的话语，要对我低低地倾诉。我和白莲花隔水相逢，偶然的一瞥，便已彼此倾心，而我那一片痴心真情，它似乎也若有所悟。

瞬息之间，它翠绿的叶盖默默朝前倾来，恰似向我传递着心中充满的无限情愫。怕只怕，我会像那郑交甫一样，接受了神女的玉佩后，转眼间，一切的美好便即消失无踪，也怕它洁白的花瓣被西风吹去，只徒然剩下十里的绿荷叶，在飒飒秋风里孤单地起舞。

长调咏物，要有整体的布局，或总或分，或实或虚，或探或补，手法颇多，规划得好，才能下笔如有神助。这阕词，总分结合，远近相宜，章法颇为严谨。

绮罗香·红叶

王沂孙

玉杵余丹，金刀剩彩，重染吴江孤树。几点朱铅，几度怨啼秋暮。惊旧梦、绿鬓轻凋，诉新恨、绛唇微注。最堪怜，同拂新霜，绣蓉一镜晚妆妒。千林摇落渐少，何事西风老色，争妍如许。二月残花，空误小车山路。重认取，流水荒沟，怕犹有、寄情芳语。但凄凉、秋苑斜阳，冷枝留醉舞。

（杵 chǔ）

Fragrance of Silk Brocade
Red Leaves
Wang Yisun

In remnants of elixir red
And colored silken thread,
The riverside lonely tree's dyed.
A few rouged drops appear
Like late autumn's bloody tear.
Awake from dreams of old again,
Your green color fades and drips.
Of new grief you complain,
Biting your rouged lips.
We deplore all the more,
Though you are lost in frost,
The lotus looking down
On water envy your evening gown.

Shed down from wood to wood, fewer you grow.
Why should you vie in the west wind with evening glow?
Redder than spring flowers new,
More cabs would come along the path for you.
See close again
If on the water of the dike
There is a leaf looking alike
With love hidden in vain.
How sad and drear to see
In autumn garden you have left no trace.
The slanting sun shines only on cold dancing tree
With drunken face!

秋天到了，层林尽染，吴江边一棵刚刚绽出新叶的枫树，那沁人心脾的红，恰似仙人们用玉杵捣药时余下的丹砂，又像极了宫人们用金刀剪彩花时剩下的红绡，煞是美艳。

不经历风雨，怎么见彩虹？枫叶上的几点胭脂红，已历经过几度哀怨的悲啼，在这倍显凄凉的晚秋之季。青色的枫叶，在秋天变红，恰似旧梦消逝堪惊，又仿佛绿鬓轻易地凋谢，那一抹抹惊艳的红色，像是微点绛唇的美人，在风中默默诉说着新的愁恨。最最惹人怜爱的是，那临水而照、晚妆初上的锦绣般的荷花，竟然也妒忌起了与它同经新霜的枫叶，真是无可奈何好个秋。

草木萧瑟，其他树上的叶子，大多已经落得差不多了，唯有枫叶独自在西风中如火如荼地绽放着，那深红老艳的色泽，注定它才有资格与这个季节争妍斗美。它就像二月盛开的繁花，即便落红成残，也能铺满曲径通幽的山路，误了小车的归期。枫叶飘落，却依旧摇曳有情。我仔细辨认着荒沟流水中飘零的片片红叶，只怕错过了那些题写在叶片上的寄托情思的芳美诗句，从而错失一段美好的爱情。唉，御沟题诗的红叶毕竟早就没有了，而今，也只能在夕阳斜照的荒芜秋苑里，看枫叶在冷寂的枝条上，无比凄凉地飘摇于萧瑟的秋风中了。

情感备至，而万物皆可为文。王沂孙的故国之恋，在落叶、红叶、新月、春水等事物上，皆可寄寓。这阕词从表面上看是为赏红叶而作，实则寄寓了词人一片哀婉的情绪。

王沂孙（约1230年—约1290年），字圣与，又字咏道，号碧山，又号中仙，因家住玉笥山，故又号玉笥山人。会稽（今浙江省绍兴市）人，曾任庆元路（治今宁波市鄞州区）学正。南宋词人。

王沂孙工词，风格类同周邦彦，含蓄深婉，如《花犯·苔梅》之类，而其清峭处，又颇似姜夔，所以张炎说他“琢语峭拔，有（姜）白石意度”。尤以咏物为工，如《齐天乐·蝉》《水龙吟·白莲》等，皆善于体会物象以寄托感慨。其词章法缜密，在宋末格律派词人中，是一位有着显著艺术个性的词家，与周密、张炎、蒋捷，并称为“宋末词坛四大家”。

西江月·梅花

苏轼

玉骨那愁瘴(zhàng)雾，冰肌自有仙风。海仙时遣探芳丛，倒挂绿毛么凤。

素面常嫌粉涴(wò)，洗妆不褪唇红。高情已逐晓云空，不与梨花同梦。

The Moon over the West River
To the Fairy of Mume Flower

Su Shi

Your bones of jade defy miasmal death;
Your flesh of snow exhales immortal breath.
The sea sprite among flowers often sends to you
A golden-eyed, green-feathered cockatoo.

Powder would spoil your face;
Your lips need no rouge cream.
As high as morning cloud you rise with grace;
With pear flower you won't share your dream.

这梅花有着冰清玉洁的风骨和神仙般的风姿，哪里会害怕瘴疠之气的侵袭？据说，居住在海上的仙人，时不时地就会派遣使者前来探视芬芳的花丛，而那些使者，不是别的，正是喜欢倒挂在树上的、有着绿色羽翅的珍禽么凤。

素面朝天的梅花，是不屑于用铅粉来装点容貌的，反倒会嫌弃它们弄脏了它洁白无瑕的脸蛋。纵使雨雪会洗去它的妆色，也不会褪去那朱唇一样润泽的红色，它自是美得不可方物。而今，梅花已谢，我那惜梅爱梅的高尚情操，都随着拂晓的云彩逐空而去，不会像王昌龄梦见梨花那样，连做梦都要天天想着梅花。

这阕词当作于绍圣三年（1096年）。据《耆旧续闻》《野客丛书》记载，此词乃苏轼为悼念死于岭南的爱妾王朝云所作。

苏轼写这阕词时大约六十岁，尽管此时的他已历尽患难，但朝云的死还是给他造成了深重的打击。全词咏梅又怀人，立意脱俗，格调哀婉，情韵悠长，为苏轼婉约词中的佳作。

蝶恋花·移得绿杨栽后院

张先

移得绿杨栽后院。学舞宫腰，二月青犹短。不比灞陵多送远，残丝乱絮东西岸。

几叶小眉寒不展。莫唱阳关，真个肠先断。分付与春休细看，条条尽是离人怨。

Butterfly in Love with Flower

Zhang Xian

In my back courtyard I transplanted a willow tree,
Like dancer's waist, carefree.
In second moon green sprigs are short in view,
They're not so long as those at the Bridge of Adieu,
Strewn east and west with broken twigs and catkins anew.

A few browlike leaves not outspread in cold are not long.
Don't sing the farewell song!
Or it will break your heart.
Of sorrow leave to spring a greater part!
Each willow twig reveals the grief of those who part.

从户外移来一株小小的杨柳，将它小心翼翼地栽种在后院。初春二月，青涩的枝干尚短，却也学着宫人，在风中轻轻舞动起纤细的腰肢，自是娉婷妖娆。它不像那些种在灞陵边上的柳树，时常被人折断柳枝用来送别，到最后只落得些残败的柳絮，孤零零地飘飞在灞河的东西两岸。

几片眉毛一样的嫩叶，因为料峭的春寒而无法舒展，望上去皱皱巴巴的，煞是惹人心疼。再也不要唱什么《阳关曲》了，只怕还没有开唱，就已经痛断肝肠了。请告诉春天，休要再细细打量它了，因为它的每一根枝条，都展现出了与恋人分别的哀怨与离愁。

这阕词创作于南宋熙宁七年（1074 年），当时词人已是八十五岁高龄的老者。其时，张先邂逅了一位名叫绿杨的歌妓，她身材窈窕，舞姿优美，甚得词人之意，便将她买回家中做妾，呼为“六娘子”。

绿杨进入张府后，张先对其宠爱有加，同时也冷落了其他妻妾，惹起众娘子的不满。于是，大家伙聚在一起一合计，索性趁张先出门不在家之际，将绿杨逐出了张府。众怒难犯，对于这样的结局，张先只能默认，而他唯一能为她做的，便是借助这阕咏物词，来表达对绿杨的缱绻之意。

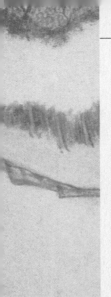

张先（990 年—1078 年），字子野，乌程（今浙江省湖州市）人。北宋词人，婉约派代表人物。

他出生于宋太宗淳化元年，那是文人最受欢迎的年代，据说读书人要是犯了杀头的重罪，也能够刀下留人。

张先的父亲张维喜好读书，终日以吟咏诗词为乐，在诗、词创作方面皆有一定造诣，但由于家境贫寒，张维被迫放弃了求仕之路，有生之年一直依靠租种土地耕稼为生。

张维深知“万般皆下品，唯有读书高”的道理，所以，在张先很小的时候，他就刻意栽培这个儿子，不仅亲自教他识文断字，更把他送到最好的学堂求学。当然，张先自己也很努力，打小就勤奋好学，小小年纪就已经写得一手好词，比如他写的《碧牡丹》一词，甫一脱稿，就成为歌伎们传唱一时的名篇佳作，为他带来了很大的名声。

张先虽才华横溢、满腹经纶，但他的运气似乎并不够好，参加了好几次科举考试都名落孙山，直到天圣八年（1030 年），已经四十一岁的他才得中进士，而与他同榜考中的，还有当时年仅二十四岁的未来的文宗泰斗欧阳修。

幸运的是，张先得到了比他还小一岁的主考官晏殊的赏识，此后在官场上亦多得晏殊提携。然而，考中进士后，生性淡泊的张先却一直沉沦下僚，二十年间，只做过一些诸如宿州掾、吴江知县、嘉禾（今浙江省嘉兴市）判官的小官。官位既不显赫，政绩也不突出，实在没什么可值得拿出来夸耀的，但他却安然自得，从来都不觉得这有什么可耻的，更从未想要营谋任何高官厚禄。

皇祐二年（1050 年），晏殊知永兴军（今陕西省西安市）时，辟其为通判。后以屯田员外郎知渝州，又知虢州。以尝知安陆，故世人称之为“张安陆”。治平元年（1064 年），以尚书都官郎中致仕，元丰元年（1078 年）病逝，终年八十八岁。

可以说，张先在仕途上是没有太多追求和建树的，这和他淡泊名利，一心只想要做一个与世无争的闲云野鹤的闲适个性相关，但这并不妨碍他去做一个个性张扬、潇洒不羁的风流词人。

传说张先年轻时，曾与一小尼姑相好，后来，二人被迫分手，临别时，张先不胜眷恋，便写下了《一丛花令》，以为寄意。

张先一生安享富贵，诗酒风流，与他有忘年之谊的苏轼曾赠诗云：“诗人老去莺莺在，公子归来燕燕忙。”足见其潇洒态度。年轻时的张先落拓不羁，年老的张先也毫不逊色，据传在他八十岁的时候，仍然不顾众人反对，执意娶了十八岁的少女为妾。

在一次家宴上，张先更是春风得意地赋诗一首说：“我年八十卿十八，卿是红颜我白发。与卿颠倒本同庚，只隔中间一花甲。”苏轼也即兴附和了一首诗打趣他说：“十八新娘八十郎，苍苍白发对红妆。鸳鸯被里成双夜，一树梨花压海棠。”坊间传言，说此小妾八年间为他生了二男二女，而他一生共有十子二女，年纪最大的大儿子和年纪最小的小女儿竟相差六十岁之多。

张先“能诗及乐府，至老不衰”。词与柳永齐名，擅长小令，亦作慢词，内容大多反映士大夫的诗酒生活与男女之情，对都市社会生活也有所反映，语言含

蓄深婉、凝练精致。其词意象繁富，于两宋婉约词史上影响巨大，而他亦是使词由小令转向慢词过程中一个不容忽视的功臣。

他在艺术领域上的一个重要特征，是善于以工巧之笔表现一种朦胧美，尤以擅用“影”字而著名，著名才子宋祁特别喜欢他《天仙子》中的“云破月来花弄影”一句，更称之为“云破月来花弄影郎中”。《古今诗话》云，张先初以《行香子》词中有“心中事，眼中泪，意中人”之句，被时人称为“张三中”。张先则问来者说，何不称为张三影？云破月来花弄影；娇柔懒起，帘幕卷花影；柳径无人，堕絮飞无影，都是我的得意之句。此后世人遂称之为“张三影”。

除张三影外，张先另有一雅号，则为欧阳修所赠。据范公偁《过庭录》记载：子野《一从花令》一时盛传，永叔（欧阳修）尤爱之，恨未识其人，子野家南地。以故圣都，谒永叔，闻者以通，永叔倒屣迎之曰：“此乃‘桃杏嫁东风’郎中。”

第四章

暮云×秋影

CHAPTER FOUR

Evening clouds withdrawn, autumn casts shade

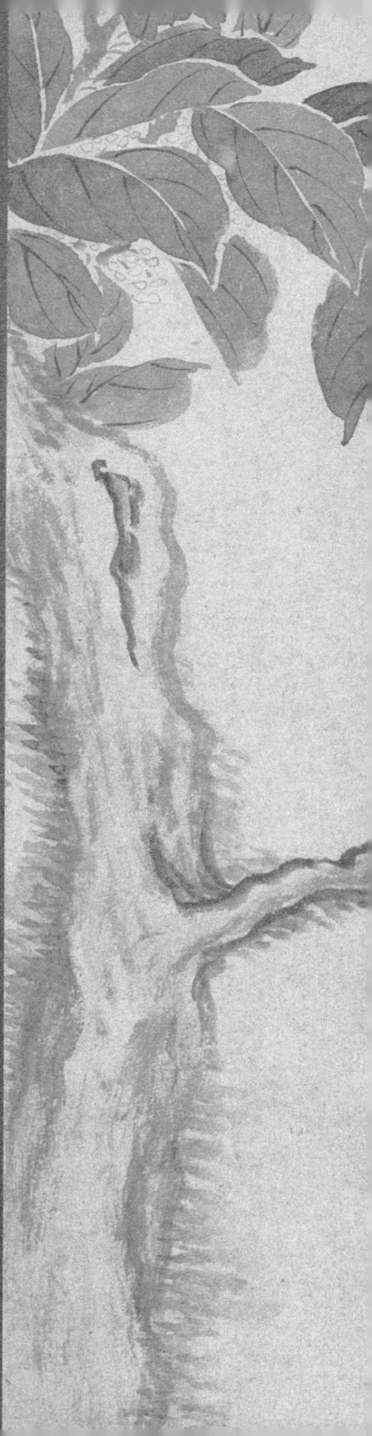

传言玉女·钱塘元夕

汪元量

一片风流，今夕与谁同乐。月台花馆，慨尘埃漠漠。豪华荡尽，只有青山如洛。钱塘依旧，潮生潮落。

万点灯光，羞照舞钿歌箔（bó）。玉梅消瘦，恨东皇命薄。昭君泪流，手捻琵琶弦索。离愁聊寄，画楼哀角。

Message to Jade Maiden
Lantern Festival after the Downfall of the Song Dynasty

Wang Yuanliang

Who would enjoy any more the delight
Of splendid lantern night?
In bright moonlight among the flowers
We only see now dusty bowers.
Gone is the splendor of yore,
Only green mountains stand as before.
In the riverside capital
We only see the tide rise and fall.

Dots on dots of lantern light
Feel shame to see the dancer fair and songstress bright,
Mume blossoms look like jade,
Before the Lord of Spring they fade.
The princess sheds tear on tear,
Playing on pipa strings in fear.
If you will know her parting grief forlorn,
Just listen in watchtower to the dreary horn!

眼前依旧一派喧嚣热闹的景象，今夜有谁能与我同欢共乐？月光下，花丛中，旧日的台馆依旧林立，但已沾染了密布的尘埃，不复曾经的富丽冶艳。繁华消歇，唯有青山依然秀美，钱塘江还和从前一样，潮起潮又落，这尘世的兴衰变迁，仿佛都与它没有一点关系。

过去的上元灯节，端的是火树银花、灯火璀璨，而今，即便还有亮如白昼的万点灯光，却是羞照这一片歌舞升平的场景。梅花凋谢，恨春光难以长久，眼看着国家即将沦陷于胡人的铁蹄之下，那些平日里享尽荣华富贵的后宫嫔妃们，也只能手捻着琵琶弦，在一声声无助的哀叹中，怨恨这多舛而又菲薄的命运。敌骑南下，满腔离愁别怨自是无处可诉，便只能将之寄托在戍楼传来的幽咽的号角声中了。

宋理宗端平二年（1235年），蒙古大军开始了攻打南宋的战争，至宋恭帝德祐元年（1275年）秋，元军分三路直逼临安，南宋政权岌岌可危。次年二月，宋降，帝后三宫被俘北迁，汪元量作为宫廷乐师亦与同行。这阕描写临安元宵节的词，慨叹“尘埃漠漠”，当在元军兵临城下之际，应作于德祐二年（1276年）的正月十五日，也就是南宋的最后一个上元节。

汪元量（约1241年—约1317年），字大有，号水云，亦自号水云子、楚狂、江南倦客，钱塘（今浙江省杭州市）人。宋末元初诗人、词人、宫廷琴师。

进士出身，宋度宗时，以善琴而供奉内廷。元军攻陷临安后，他随三宫被掳北上至元大都，其间常往狱中探视文天祥，彼此以诗唱和，成为知交。后出家为道士，始得放还南归，从此浪迹江湖，了却残生。

其诗多记录国亡前后事，格调凄恻哀婉，时人将之比作杜甫，他的诗作亦有着“诗史”的称号。著有《水云集》《湖山类稿》，以及词集《水云词》一卷。

齐天乐·绿芜凋尽台城路

周邦彦

绿芜凋尽台城路，殊乡又逢秋晚。暮雨生寒，鸣蛩劝织，深阁时闻裁剪。云窗静掩。叹重拂罗裀，顿疏花簟。尚有练shū囊，露萤清夜照书卷。荆江留滞最久，故人相望处，离思何限。渭水西风，长安乱叶，空忆诗情宛转。凭高眺远。正玉液新篘chōu，蟹螯初荐。醉倒山翁，但愁斜照敛。

Universal Joy

Zhou Bangyan

Green trees are withered on the way to the capital;
In late autumn I stay by alien city wall.
Cold grows out of evening rain by and by,
The crickets seem to chirp for weaving maid,
Deep in her bower winter clothes are being made.
With windows quietly closed, I sigh
To change the bamboo mat for quilt of brocade.
Like poor scholar, I would read by the light
Of fireflies in the clear night.

By riverside the longest I stay,
Thinking of my old friends so far away.
How can my longing not lengthen with each day?
The river rippled by the western breeze,
The capital is covered with fallen leaves;
In vain do I remember the verse which grieves
Though it was written with ease.
I climb up high and look afar.
How good the new-brewed wine and new-caught crabs are!
Like an old poet I'll be drunk,
Grieved to see the sinking sun so early sunk.

放眼望去，连绵的杂草已经枯萎凋敝，台城四周一片荒芜凄凉的景象，身处异乡的游子又遭逢这萧瑟苍茫的晚秋，怎不惆怅莫名。

傍晚的雨生起一片寒意，蟋蟀的鸣叫像极了紧促的织布声，深闺中时不时地就传来女子赶制寒衣的响动。窗户静静地半掩着，我撤去了织有花纹图案的竹凉席，换上了丝织的夹褥，独独留着可以装下萤火虫的粗麻布袋，在清夜里照着书卷伴我读书。

我在荆州停留的时间最久，料想荆州的故交老友，此时此刻也和我一样，正望着对方居留的方向，默默地思念，默默地怀想，那满腹的离愁别绪，又哪里会有什么限度？

还有许久未曾回去过的东京，那里现在也正当西风落叶的晚秋季节，想当年，风华正茂的我，经常会约上二三好友在京城里四处游逛，也曾诗兴大发，即兴唱和，其乐何极！

俱往矣，一切的欢欣，终成过眼云烟。叹而今，登临高处，凭栏远眺，唯有求得一醉，借酒消愁，除此而外，还能作何想呢？这个季节，用竹器酿造的新酒已经可以喝了，快把螃蟹端上筵席来下酒，我也要效仿那东晋的毕茂世，一手持蟹螯，一手执酒杯，直到像征南将军山简那样醉倒才肯罢休。然而遗憾的是，当夕阳的余晖洒满台城古道的时候，已然酩酊大醉的我，仍是愁绪丛生，无计可逃。

关于这阕词的创作时间和地点，历来众说纷纭。周济认为作于荆南，王国维认为作于金陵，然以之疏释全词，殊觉未周。陈洵《抄本海绡说词》始澄清诸说，认为此词乃“美成晚年重游荆南之作”，并说“此行将由荆南入开封”，大体确定此词的创作时间和创作地点。罗忼烈笺疏清真词，在陈洵之说的基础上，进行了更加详细的说明。他认为，此词当是政和五年（1115 年），周邦彦从明州入都为秘书监，取道金陵，至荆南逢九日而作。

周邦彦（1056 年—1121 年），字美成，号清真居士，杭州钱塘（今浙江省杭州市）人。北宋文学家、音乐家，婉约派的代表词人之一。

周邦彦自小性格疏散，但勤于读书。宋神宗在位之际，还是太学生的他，就因撰写《汴都赋》歌颂新法，受到皇帝赏识，升任太学正。此后十余年间，却一直在外漂泊，历任庐州教授、溧水县令等职。

宋哲宗亲政后，周邦彦回到开封，任国子监主簿、校书郎等职。宋徽宗时更一度提举大晟府，负责谱制词曲，供奉朝廷，后又外调顺昌府、处州等地。于南京应天府逝世，享年六十六岁，获赠宣奉大夫。

点绛唇·绍兴乙卯登绝顶小亭

叶梦得

缥缈危亭，笑谈独在千峰上。与谁同赏。万里横烟浪。

老去情怀，犹作天涯想。空惆怅。少年豪放。莫学衰翁样。

Rouged Lips
Written in Summit Pavilion in 1135

Ye Mengde

The frowning pavilion dimly appears;
We talk and laugh above peak on peak.
Who would enjoy with me,
The misty waves undulating for a thousand li?

Old as am I,
I still think of recovering the lost frontiers.
In vain I sigh.
Be brave, young man, don't act as a man old and weak!

高耸入云的山峰上，矗立着一座小亭，缥缥缈缈，若隐若现。独自登临绝顶，仿若置身在千峰之上，我自谈笑风生。放眼望去，万里云烟恰似浪花般滚来，孤身一人的我，又能与谁共赏这大好风光？

年华渐老，但往日里以天下为己任的情怀仍在，犹自做着光复中原的规划和打算。然而，也只能是想想罢了，到头来，这满腹里装下的，却还是无尽的无奈与惆怅。年轻人就应该敢想敢为，胸怀万丈豪情，千万不要学我这个老头子，做什么都碌碌无为，一事无成。

宋高宗绍兴五年（1135 年），词人去任隐居吴兴卞山之际，因登临卞山绝顶亭有感而发写下了这阕词，以抒写自己复杂的情怀和对时局的慨叹。叶梦得是南宋主战派人物之一，大宋南渡八年，仍未能收复中原大片失地，而朝廷又一味向金人妥协求和，使爱国志士不能为国效力，英雄豪杰也无用武之地，这一切都让年近花甲的他感到万分的失望。

叶梦得（1077 年—1148 年），字少蕴，号肖翁、石林居士。原籍吴县（今江苏省苏州市），居住乌程（今浙江省湖州市）。绍圣四年（1097 年）登进士第，历任翰林学士、户部尚书、江东安抚大使等官职，死后追赠检校少保。晚年隐居湖州弁山玲珑山石林，所著诗文多以石林为名，如《石林燕语》《石林词》《石林诗话》等。

在北宋末年到南宋前半期的词风变异过程中，叶梦得是起到先导和枢纽作用的重要词人之一。作为南渡词人中年辈较长的一位，叶梦得开拓了南宋前半期以“气”入词的词坛新路，而他的“气”，则主要表现在英雄气、狂气和逸气三个方面。

临江仙·堪笑一场颠倒梦

朱敦儒

堪笑一场颠倒梦，元来恰似浮云。尘劳何事最相亲。今朝忙到夜，过腊又逢春。
流水滔滔无住处，飞光忽忽西沉。世间谁是百年人。个中须著眼，认取自家身。

Riverside Daffodils

Zhu Dunru

Laughable life is a dream of fall and rise;
It's just like a cloud floating in the skies.
What business do you like best,
Toiling from morning till night,
From winter cold to spring bright?

Water flows on and on without rest.
The sun flies, suddenly it sinks in the west.
Who on earth can live to a hundred years old?
You should have discerning eyes
To know if you are clay or gold.

可笑啊真是可笑，就像一场颠倒的幻梦，原来人生就是那一朵飘忽不定的浮云。终日在尘世间忙忙碌碌，究竟是为了什么事？从早晨忙到夜晚，过了腊月又是新春，如此下去，何时才是个头呢？

时光仿若滔滔不绝的流水奔腾不息，刚刚还挂在头顶上的红日转瞬间便匆匆西沉，这世间倒有谁是年过百岁的老人？人生苦短，此间最应当关注的，还是要认取自己立身处世的态度。

这阕词叹咏了岁月的匆促、时光的短暂，并告诫世人，要珍惜当下，牢牢记取让自己安身立命的正确人生态度，有着非同一般的警世意义。全词气脉贯通，言简意赅，神情旷远，寓感慨于飘逸之中，是不可多得的绝妙好词。

朱敦儒（1081年—1159年），字希真，号岩壑老人，洛阳（今河南省洛阳市）人。早年隐居不仕，屡辞征召。宋高宗绍兴二年（1132年），赐进士出身，旋任浙东路提刑。后寓居嘉禾，晚年出为鸿胪少卿，有《樵歌》三卷存世。

西江月·日日深杯酒满

朱敦儒

日日深杯酒满，朝朝小圃花开。
自歌自舞自开怀，且喜无拘无碍。
青史几番春梦，红尘多少奇才。
不须计较与安排，领取而今现在。

The Moon over the West River

Zhu Dunru

From day to day I drink my cupfuls of wine dry;
From morn to morn in my small garden flowers blow.
Singing and dancing, how happy am I!
Glad I'm not hindered wherever I go.

History consists of dream on dream;
Of society there's cream on cream.
Do not array or calculate!
Why not accept our present fate?

每天都把深杯倒满美酒，终日里穿梭在鲜花盛开的小园里独自漫步，且行且醉。我时常兴奋得手舞足蹈，自己唱歌，自己跳舞，自己乐得开怀大笑，而最最令人高兴的便是，这样的生活，没有任何的牵挂，也没有任何的羁绊。

人生不过是几场短暂的春梦杂沓无序的连缀，无论怎样的奇才贤士，终究都免不得要归于黄泉，又有什么可在意的？人啊，真的不用计较太多，也不必处心积虑地去多做安排，只要把眼下的欢乐时光过好了就行。

这阕清新淡雅、韵味天成的小令，描绘了词人晚年以诗、酒、花为乐事的闲淡生活，用语清浅而意味悠远，流露出一种闲适旷达的情调。

千秋岁引·秋景

王安石

别馆寒砧，孤城画角，一派秋声入寥廓。东归燕从海上去，南来雁向沙头落。楚台风，庾楼月，宛如昨。

无奈被些名利缚，无奈被他情担阁！可惜风流总闲却！当初谩留华表语，而今误我秦楼约。梦阑时，酒醒后，思量着。

Prelude to a Thousand Autumns

Wang Anshi

Heard at the hostel, washerwomen's sigh
And painted horn on lonely tower high,
There autumnal songs rise and melt in boundless sky.
Returning swallows fly toward the eastern seas;
Upon the beach alight the south-going wild geese.
The king's refreshing breeze,
The poet's moonlit tower, each appears
The same as those in bygone years.

Why should I be enthralled by wealth and fame?
Why should I be delayed by quenchless flame?
How I regret I have neglected love of beauty!
I deemed it then to build a monument my duty;
How can I fulfil now
O my miscarried vow!
A wake from wine and dreams,
My thoughts would flow in streams.

客馆的捣衣声，孤城城头的画角声，连缀成一片凄楚的秋声，默默回荡在广阔无垠的天地间。东归的燕子从浩瀚的海上飞走，南来的大雁栖落在平坦的沙洲上，唯有我，久客异乡，身不由己。楚台的风，庾楼的月，还是当年的旧模样，有谁还记得楚王携宋玉游于兰台，庾亮与殷浩之辈在南楼吟咏戏谑时的情景？

无奈总是被那些虚无缥缈的名利所羁缚，被那些难以割舍的感情所耽搁，可惜了那些风流韵事，倒是被轻易地丢到了一边。当初徒然地许下功成身退时，要去求仙访道、潇洒度日的诺言，到而今，却反误了我与佳人的秦楼约会。梦终究有醒来的时候，喝醉了酒也终归会清醒过来，每当梦回酒醒之际，那忧思离恨更是让人难以忍受，而我也只能在无尽的悔恨中，默默地思量着一切的悲欢得失。

这阕词的创作年代不详，但从词的情调来看，很可能是王安石推行新法失败、退居金陵后的晚期作品。

王安石（1021 年—1086 年），字介甫，晚号半山。抚州临川（今江西省抚州市）人，北宋著名政治家、文学家、思想家、改革家。

千年调·左手把青霓

辛弃疾

开山径得石壁，因名曰苍壁。事出望外，意天之所赐邪，喜而赋。

左手把青霓，右手挟明月。吾使丰隆前导，叫开阊阖（chāng hé）。周游上下，径入寥天一。览玄圃，万斛（hú）泉，千丈石。钧天广乐，燕我瑶之席。帝饮予觞甚乐，赐汝苍壁。嶙峋突兀，正在一丘壑。余马怀，仆夫悲，下恍惚。

Song of a Thousand Years
The Green Rock

Xin Qiji

In my left hand I hold the rainbow bright
And I bring down the moon with my right.
I order the Thunder God to go before
To open for me the celestial door.
I go up and down, far and nigh,
Become one with the only and lonely sky.
I see the hanging mountain
And the inexhaustible fountain,
And the green rock of a thousand feet high.

Hearing heavenly music played,
I'm feasted by the Pool of Jade.
Our Lord invites me to wine
And gives me a mini-cliff divine.
Rugged and steep,
It epitomizes mountain high and valley deep.
My horse won't leave,
My servant seems to grieve.
Awake, I don't believe.

开辟山路的时候，我无意中得到一块石壁，并把它命名为苍壁。此事出乎意料，我以为是上天的恩赐，因高兴而赋此词。

左手握着霓虹，右手挟住明月，我让雷神丰隆在前面做向导，叫开天宫之门。我周游太空，径直走入天之最高处，遍览神奇迷离的仙山玄圃，还有那滔滔不绝的涌泉和直立千丈的仙石。

天帝请我欣赏了天上才能听到的仙乐，并在瑶池设宴款待于我。天帝亲自赐我美酒，并赐我苍壁一块。苍壁重叠高耸，气势雄伟，正好可以安置在瓢泉的丘壑山水之间。

尽管在天宫受到了盛情款待，过着和神仙一样美好的生活，但我依然眷恋着尘世，无独有偶，久而久之，就连我的随从和马也都变得悲伤起来。于是乎，我便辞别了天帝，恍恍惚惚地从天宫返回了尘寰。

这阕词当作于辛弃疾闲居瓢泉期间，大约在宋宁宗庆元六年（1200 年）之后。此时的词人年过六旬，却依旧怀才不遇，壮志难酬，再加上体力已大不如前，长时间闲居家中的他免不了心灰意冷，所以，逃避现实、想要过隐居生活的消极思想便应运而出，且逐步加以发展，而这种思想感情，其实在他之前的几首词作中便已多有体现。

辛弃疾（1140 年—1207 年），原字坦夫，后改字幼安，中年后别号稼轩，济南历城（今山东省济南市历城区）人。南宋著名将领、文学家，豪放派词人，有“词中之龙”之称。与苏轼合称“苏辛”，与李清照并称“济南二安”。

水龙吟·登建康赏心亭

辛弃疾

楚天千里清秋，水随天去秋无际。遥岑远目，献愁供恨，玉簪螺髻。落日楼头，断鸿声里，江南游子。把吴钩看了，栏杆[1]拍遍，无人会，登临意。

休说鲈鱼堪脍，尽西风，季鹰归未？求田问舍，怕应羞见，刘郎才气。可惜流年，忧愁风雨，树犹如此！倩何人唤取，红巾翠袖，揾英雄泪！

①栏杆一作：阑干

Water Dragon's Chant
Mount The Shangxin Arbour in Jian Kang City

Xin Qiji

The Southern sky for miles and miles in autumn dye
And boundless autumn water spread to meet the sky,
I gaze on far-off northern hills
Like spiral shells or hair decor of jade,
Which grief or hatred overfills.
Leaning at sunset on balustrade
And hearing a lonely swan's song,
A wanderer on southern land,
I look at my precious sword long
And pound all the railings with my hand,
But nobody knows why
I climb the tower high.

Don't say for food
The perch is good!
When west winds blow,
Why don't I homeward go?
I'd be ashamed to see the patriot,
Should I retire to seek for land and cot.
I sigh for passing years I can't retain;
In driving wind and blinding rain
Even an old tree grieves.
To whom then may I say
To wipe my tears away
With her pink handkerchief or her green sleeves?

楚天千里，无边无际，放眼望去，到处都是凄清的秋色。大江波涛滚滚地流向天边，也不知道何处才是它的尽头，回首之间，秋的气息变得更加浓郁了。举目远眺，那层层叠叠的远山，仿佛美人发间插戴的玉簪，又恰似美人头上螺旋形的发髻，但纵使景色再美，也只能引起我满腔的忧愁悲恨，和对金人的无限仇视。

夕阳西下，落日斜斜地挂在楼头，落单的孤雁声声的悲啼里，是我这江南游子无尽的彷徨与失意，还有那满心的悲愤与压抑。把闲置已久的吴钩取出来看了又看，却是英雄无用武之地，怎不惹人惆怅悲怆？九曲栏杆拍遍，还是没有人能够体会我登楼远眺的心意，可叹我空有光复中原的抱负，朝廷中却难以找到一个志同道合的知音。

西风吹遍了人间，倏忽之间，深秋时令又到了，却不知道张季鹰是否回到了他的故乡。连大雁都知道寻踪飞回旧地，更不必说我这个漂泊江南的北地游子了，所以，千万千万，别再在我面前提起什么味道鲜美的鲈鱼脍了。

我也无意成为一心只想着置地买房的许汜，因为那会让我羞于见到雄才大略的刘备。光阴荏苒，我所忧惧的，唯有国事飘摇，随着年龄的增长，恐怕再也无力效命沙场，光复失去的中原故土。此时此刻，却该请谁人去唤来那红巾翠袖的多情歌女，为我拭去英雄失志的热泪呢？

宋孝宗淳熙元年（1174 年），辛弃疾出任江东安抚司参议官，而这时距离他从北方南归大宋，已经有八九个年头了。自归宋以来，辛弃疾始终没有得到朝廷重用，这让他很是郁闷。某次，他登上建康的赏心亭，极目远望祖国的山川风物，百感交集中，更痛惜自己满怀壮志而老大无成，便提笔写下了这阕《水龙吟》词。一说此词为宋孝宗乾道四年至六年（1168 年—1170 年）间，辛弃疾在建康任通判时所作。

清平乐·独宿博山王氏庵

辛弃疾

绕床饥鼠，蝙蝠翻灯舞。屋上松风吹急雨，破纸窗间自语。
平生塞北江南，归来华发苍颜。布被秋宵梦觉，眼前万里江山。

Pure Serene Music
Stay alone at Wang Shi Hut in Tong Yuan Hill

Xin Qiji

Around the bed run hungry rats;
In lamplight to and fro fly bats.
On pine-shaded roof the wind and shower rattle;
The window paper scraps are heard to prattle.

I roam from north to south, from place to place,
And come back with grey hair and wrinkled face.
I woke up in thin quilt on autumn night;
The boundless land I dreamed of still remains in sight.

饥饿的老鼠绕着床窜来窜去，蝙蝠围着灯上下翻舞。劲风透过屋边的松树，裹挟着大雨汹涌而来，就连窗纸都被吹破了，发出瑟瑟的声响，仿佛是在自言自语。

这一生，辗转奔驰于塞北江南，而今归来已是满头白发，容颜苍老。布被单薄，疾风骤雨的秋夜，乍然从梦里醒来，眼前依稀还是梦中出现过的万里江山。

这阕词作于宋孝宗淳熙十二年（1185 年）。淳熙八年（1181 年）十一月，辛弃疾被贬退居带湖。这一时期，他经常游历信州附近的名胜鹅湖、博山等地。某个秋日的夜晚，辛弃疾来到博山脚下一户姓王的人家投宿，这里只有几间破旧的小草庵和屋后的一片竹林，环境十分荒凉冷寂，词人即景生情，百感交集，便在夜深人静的时候，挥笔写下了这阕寄寓很深的小令。

最高楼·吾衰矣

辛弃疾

吾拟乞归，犬子以田产未置止我，赋此骂之。

吾衰矣，须富贵何时？富贵是危机。暂忘设醴（lǐ）抽身去，未曾得米弃官归。穆先生，陶县令，是吾师。

待葺（qì）个园儿名『佚老』，更作个亭儿名『亦好』，闲饮酒，醉吟诗。千年田换八百主，一人口插几张匙？便休休，更说甚，是和非！

The Highest Tower

Xin Qiji

I am old now.
Do I care for wealth and rank the world prizes?
Wealth and rank would lead to crisis.
Mu left the king who neglected to serve him wine,
And Tao would not bow for his stipend but resign.
Master Mu,
Prefect Tao,
I'll learn from you.

I'll build a garden called "Recluse"
And a pavilion where I may do what I choose.
I'll drink at leisure
And chant with pleasure.
Land changes hands from year to year in north and south.
How many spoonfuls could one put at once in his mouth?
Stop your old song!
Do not tell me what's right or wrong!

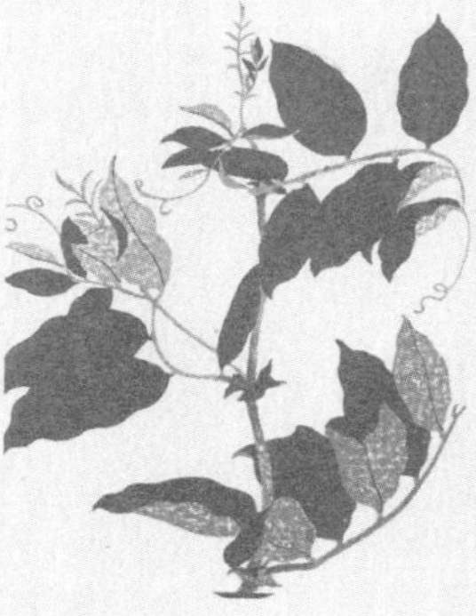

我请求辞官归隐，但儿子以田产还没置办为由不让我辞官，于是我就写下了这阕词来骂他。

我已经老了，日渐衰弱，筋疲力尽，想要实现你所期许的功名富贵，还要待到何时？你以为功名富贵是这世间的头等大事，在我看来，则是处处都隐伏着危机，光鲜的背后无不是血泪交加、白骨累累。穆生因为楚王稍懈礼仪便抽身辞去，陶潜尚未得享俸禄就弃官而归，难不成我倒要为了五斗米竞折腰？穆先生、陶县令那样通透豁达的人，都是我十分崇敬的老师，你还指望我为了所谓的富贵而放弃自己的原则吗？

我的志向就是归隐乡野，与世无争地度过余生。待归隐后，我一定要将荒园重新修葺好，而且就连庄园的名字我都想好了，就叫它“佚老园”，你觉得如何？再在园子里建个亭子，就取名叫“亦好”吧，到那时，我一得闲便能在园子里饮酒作乐，醉了便可以卧倒在亭子里吟诗填词，岂不比追求功名富贵逍遥快活多了？

人生苦短，世事匆促，一块田地千年之中要换八百个主人，一个人嘴里又能插上几个饭匙？这眼前所拥有的东西，终不过都是过眼云烟，不能长久，又何必蝇营狗苟地谋求？好了好了，我已经决定退隐江湖了，一切作罢，又何须再多费口舌，同你说什么是非得失？

宋光宗绍熙五年（1194 年），词人调任福建安抚使，因其壮志难酬，打算辞官归隐，却遭到儿子的阻挠，便写下这阕词来训斥儿子。

一丛花·溪堂玩月作

陈亮

冰轮斜辗镜天长，江练隐寒光。危阑醉倚人如画，隔烟村、何处鸣榔？乌鹊倦栖，鱼龙惊起，星斗挂垂杨。

芦花千顷水微茫，秋色满江乡。楼台恍似游仙梦，又疑是、洛浦潇湘。风露浩然，山河影转，今古照凄凉。

A Shrub of Flowers
The Moon Viewed from the Hillside Hall

Chen Liang

The wheel-like icy moon rolls in mirrorlike sky,
The silklike stream exhales a silvery light.
Drunk, I lean on picturesque balustrade high.
Who's catching fish by beating the deck at night?
Tired crows and magpies rest in their dark nest;
The startled fish and dragon leap from water deep,
Stars hang and freeze on willow trees.

The waterside reed's bed for miles and miles outspread,
The village veiled in autumn hue.
Fantastic bowers seem to mingle with wild dream.
I doubt if the riverside is where fairies abide.
The breeze brings dew to the land anew,
And sheds a light dreary and cold now as of old.

一轮圆月斜斜地挂在天边，月下的江水澄澈如镜，映入长天，仿佛被月光轧成了一匹白练，隐隐闪烁着一片清冷的光辉。

喝醉的我，独自倚在高楼的栏杆边，恰似画图的一角，被收进了眼前曼妙而又迷人的景致中。隔着烟雾迷蒙的渔村，不辨渔舟从何处而来，归向何处，更不知道渔夫们捕鱼时用木板敲击船舷发出的梆梆声，到底是从哪里传过来的。乌鸦和喜鹊早就倦极归巢，栖息于林木之上，鱼儿却因为受到惊吓，不断地从水中跃起，抬头望望，但见满天的繁星，依然静默无声地挂在柳之梢头。

芦花千顷，烟波迷茫，一片温婉的秋色，正笼罩着眼前这渺无涯际的江南水乡。伫立江楼，兀自欣赏着秋江月夜下的清丽景象，却恍若梦游仙境，又仿佛置身于洛水之滨、湘江之畔。夜风凛冽，清露寒极，浩然莫御，整个世界的空间，都随着月影的移动而不断发生着变化。

凝眸处，月光依旧像往常一样普照着大地，想到古往今来，无论世事如何转变，它都一如既往地挂在天边，从来都不曾生出任何的分别心，再联想到江山易主，中原沦丧，我的心里就充满了无限的悲怆与凄凉。

陈亮的词作，往往于豪迈奔放之外还有着幽雅清丽的一面，但这阕词却又别具风韵，远非豪迈奔放和幽雅清丽所能概括。此词通篇都在描绘秋江月夜的瑰丽景象，却只在词的结尾处才透露出词人感时伤怀的悲凉情怀，由于其中融入了感叹国家兴亡的内容，所以使它的认知意义和审美意义都变得骤然加重。

陈亮（1143 年—1194 年），原名陈汝能，字同甫，号龙川。学者称之为龙川先生。婺州永康（今浙江省永康市）人。南宋思想家、文学家。

相见欢·无言独上西楼

李煜

无言独上西楼，月如钩。寂寞梧桐深院锁清秋。

剪不断，理还乱，是离愁。别是一般滋味在心头。①

①一般一作：一番

Tune: Joy at Meeting

Li Yu

Silent, I climb the Western Tower alone
And see the hook-like moon.
Parasol-trees lonesome and drear
Lock in the courtyard autumn clear.

Cut, it won' t sever;
Be ruled, 'twill never.
What sorrow'tis to part!
It's an unspeakable taste in the heart.

心痛难耐，却又无可奈何，只能一声不吭地独自登上西边的小楼，默默排遣内心的忧思与悲伤。没有人能够体会我痛苦的心情，只有一弯如钩的冷月始终与我相伴，那些灯红酒绿、夜夜笙歌的奢靡生活，早就从我的世界里彻底地消失了。

低头望去，茂密的梧桐叶已被无情的秋风扫荡殆尽，只剩下光秃秃的树干和几片摇摇欲坠的残叶，在亘古的静谧中书写着无尽的寂寞与悲怆，整个幽深的庭院都被笼罩在一片清冷凄凉的秋色之中。

那些剪也剪不断，理也理不清，总让人心乱如麻的，正是灭国亡家的离愁之苦，它一直都以一种无可名状的滋味，悠悠缓缓地缠绕在我的心头，让我憋不过气来，更让我无法从这种感觉中抽离出来，怎一个愁字了得！

宋太祖开宝八年（975年），赵匡胤派大将曹彬攻灭南唐，南唐后主李煜肉袒出降，以戴罪之身被俘至东京，封为违命侯，从此开启了他屈辱的囚徒生涯。李煜的词以被俘为界，分为前后两期，后期词作多倾泻失国之痛和去国之思，沉郁哀婉，感人至深，这阕《相见欢》便是他后期词作中极具代表性的一篇。

李煜（937年—978年），原名从嘉，字重光，号钟山隐士、钟锋隐者、白莲居士、莲峰居士。唐元宗李璟第六子，南唐末代君主。

李煜精书法、工绘画、通音律，诗文均有一定造诣，尤以词的成就最高。李煜的词，继承了晚唐以来温庭筠、韦庄等花间派词人的传统，又受李璟、冯延巳等人的影响，语言明快，形象生动，用情真挚，风格鲜明。其亡国后所写的词作更是题材广阔，含意深沉，在晚唐五代词中别树一帜，对后世词坛的影响非常深远。

渔家傲·秋思

范仲淹

塞下秋来风景异，衡阳雁去无留意。四面边声连角起，千嶂里，长烟落日孤城闭。

浊酒一杯家万里，燕然未勒归无计。羌管悠悠霜满地，人不寐，将军白发征夫泪。

Ture: Pride of Fishermen

Fan Zhongyan

When autumn comes to the frontier, the scene looks drear,
South-bound wild geese won't stay
E'en for a day.
An uproar rises with horns blowing far and near.
Walled in by peaks, smoke rises straight
At sunset over isolate town with fastened gate.

I hold a cup of wine, yet home is faraway,
The Northwest is not won and I'm obliged to stay.
At the flutes' doleful sound
Over frost-covered ground,
None fall asleep,
The general's hair turns white and soldiers weep.

西北边塞的秋日风光，自然和中原的风光大不相同，端的是寒风萧瑟，满目凄凉。掠过头顶的大雁们，又都成群结队地飞回南方的衡阳去了，一点留恋的心思也没有。

日落黄昏，营帐四周的风声、马嘶声、羌笛声，和军中吹响的号角声连缀成一片，每一个角落都被染上了雄浑苍凉的色彩。放眼望去，这座位于崇山峻岭中的边城，暮霭沉沉，落日凄迷，孤零零的城门紧闭，唯有一缕缥缈的长烟，正兀自悠闲地穿梭在不尽的西风中。

在寂寞孤凄下喝下了一杯浊酒，我不由得又思念起了万里之外的亲人，很想回到他们的身边，可是，眼下外患未平，战争还没有取得胜利，又怎能半途而废，那还乡之计自是无从谈起。远处又传来了悠悠的羌笛之声，声声悲凄，声声断魂，回首之间，军营里早已结满了寒霜，更让人惆怅万分。

夜深了，我还不能安睡，为操持军务，我的须发全都变白了。而那些戍边的征夫们，也和我一样，终日思念着远方的亲人，久久难以成眠，眼泪就像断了线的珍珠，不知道沾湿了多少衣裳和军被。

宋仁宗康定元年（1040 年），至庆历三年（1043 年）间，范仲淹出任陕西经略副使兼延州知州。在其镇守西北边疆期间，既号令严明又体恤士兵，深为西夏所惮服，称他“腹中有数万甲兵”，而这阕词便是他身处军中的感怀之作。

范仲淹（989 年—1052 年），字希文。祖籍邠州（今陕西省彬县），后移居苏州吴县（今江苏省苏州市）。北宋时期杰出的政治家、军事家、文学家。范仲淹在地方和边疆皆有治政，文学成就也较为突出。他倡导的“先天下之忧而忧，后天下之乐而乐”的思想，及其仁人志士的节操，对后世文人影响深远。有《范文正公文集》传世。

天净沙·秋思

马致远

枯藤老树昏鸦，小桥流水人家，古道西风瘦马。夕阳西下，断肠人在天涯。

Tune: Sunny Sand
Autumn Thoughts

Ma Zhiyuan

Over old trees wreathed with rotten vines fly crows;
Under a small bridge beside a cot a stream flows;
On ancient road in western breeze a lean horse goes.
Westwards declines the setting sun.
Far, far from home is the heart-broken one.

苍老雄劲的树上，兀自缠绕着死去多时的枯藤，抬头望望，一只落单的乌鸦，正顶着黄昏的夕照，衔着一轮落日，万分落寞地归于林下的巢穴。

古色古香的小桥下，流水潺潺，清澈见底，旁边就是炊烟缭绕的人家，却不知有谁会成为我的知音，慰我一身的寂寞，洗去我一身的疲惫与风尘。

瑟瑟的秋风中，孤孤单单的我，骑着一匹孤零零的瘦马，缓缓地走在荒凉的古道上，满心里都透着无尽的凄凉。夕阳西下，肝肠寸断的我，依然满携着一身的忧伤与愁绪，漂泊在远离故乡的天涯海角。

马致远年轻时热衷于功名，但由于元朝统治者实行民族高压政策，因而一直都未能得志。他几乎一生都过着漂泊无依、穷困潦倒的生活，在独自流浪的羁旅途中，他写下了这阕《天净沙·秋思》，以表达自己长期郁郁不得志的无奈与悲怆的心绪。另有学者认为这首散曲不是马致远的作品，而是无名氏之作。

马致远（约 1251 年—约 1321 年后），号东篱，大都（今北京）人，一说河北东光（今属沧州）人。元代戏曲作家、散曲家、散文家，与关汉卿、郑光祖、白朴并称“元曲四大家”。所作杂剧今知有十五种，现存《汉宫秋》《荐福碑》《岳阳楼》《任风子》《陈抟高卧》《青衫泪》以及同别人合写的《黄粱梦》七种，另《误入桃源》仅存一曲。

绮罗香·咏春雨

史达祖

做冷欺花，将烟困柳，千里偷催春暮。尽日冥迷，愁里欲飞还住。惊粉重、蝶宿西园，喜泥润、燕归南浦。①最妨它、佳约风流，钿车不到杜陵路。

沉沉江上望极，还被春潮晚急，难寻官渡。隐约遥峰，和泪谢娘眉妩。临断岸、新绿生时，是落红、带愁流处。记当日、门掩梨花，剪灯深夜语。

①最妨它一作：最妨他

Perfume of Silk Dress
To Spring Pail

Shi Dazu

You breathe the cold to chill the flower's heart,
And shroud the willows in mist grey;
Silent for miles and miles, you hasten spring to part.
You grizzle all the day;
Your grief won't fly but stay.
Surprised to find their pollen heavy,
The butterflies won't leave the garden in the west;
The moistened clods of clay make happy
The swallows building on the southern pool their nest.
But what is morn, you prevent the gallant to meet
In golden cab his mistress sweet.

With straining eyes I gaze on the stream vast and dim,
With spring time flood at dusk its waters overbrim,
The ferry can hardly be found.
Half-hidden peaks like Beauty's brows in tears are drowned.
On broken bank where new green grows,
The fallen red with saddened water flows.
I still remember how outdoors you beat
On the pear blossoms white,
I trimmed lamp-wick and whispered to my sweet
At the dead of a night.

春雨挟带着冷空气，从千里之外侵袭而来，肆意欺凌着百花，更将柳树困在了千重万重的轻烟淡霭之中，暗暗地催促春归去。整日里昏暗迷蒙，像满腹的离愁，时而飘飞，又倏忽停住。

露宿西园的蝴蝶，惊觉自己的翅膀突地变得湿沉；回归南浦的飞燕，依旧欢喜无限地衔着湿润的泥土飞来飞去。最无奈，是泥泞不堪的道路，生生妨碍了情人的约会之期，使他们华丽的车辆，再也无法按时抵达风光殊胜的杜陵路。

极目远眺，江面上烟霭沉沉，加之傍晚时分，春潮汹涌迅急，更让人难以找到归家的渡口。远山全都变得影影绰绰，像极了佳人脉脉的双眼与妩媚的眉峰。临近残断的河岸，依稀可见碧绿的水波涌动，那便是落花带着无限的忧愁漂流之处。记得当初，也是这样的雨天，茂密的梨花掩住了院门，你我浓情蜜意，一边剪着灯花，一边秉烛谈心，直到深夜。

这阕咏物词，以多种艺术手法摹写春雨缠绵的景象，却通篇不着一个“雨”字，又处处贴切题意，自是妙不可言。字句工丽，意境清幽，为读者缓缓展开了一幅蒙蒙丝雨图，可谓美轮美奂，惹人遐思，而人之怅惘和伤春之感也贯穿全篇，体物而传神，显示出词人的杰出才思。

史达祖（生卒年不详），字邦卿，号梅溪，汴（今河南省开封市）人。南宋婉约派重要词人，风格工巧，推动宋词走向基本定型。

他终生未第，早年做过幕僚。韩侂胄担任宰相时，他是其最为亲信的堂吏，负责撰拟文书。韩侂胄北伐失败后，受到黥刑，死于困顿。

史达祖一生中做过的最为轰轰烈烈的事，就是给权相韩侂胄当幕宾。早年的他，屡试不第，后因得到韩侂胄赏识，成为相府的机要文书，颇受韩的倚重。宋人笔记说韩侂胄的“奉行文字，拟帖撰旨，俱出其手”，可见史达祖的文章写得很好。而他也颇为自得，久而久之，就有些狐假虎威，不把别人放在眼里，甚至多有任意妄为之事。

当时，韩侂胄手下向史进呈书礼，都要毕恭毕敬地用上“申”“呈”的字样，其借着相国的威风横行一时的嘴脸，由此可见一斑。他有个李姓朋友，看到这种情况后，就想要给他提出忠告，于是便在他的几案上写下几行大字：“危哉邦卿！侍从申呈。”可他那会儿正是相府的红人，哪里会听从朋友的劝诫，依旧我行我素，所以最终落得同主子一样罹祸的下场。

韩侂胄被杨皇后和奸相史弥远设计害死后，史达祖就跟着倒了霉。时人弹劾他得到韩侂胄的重用后，在言听计从、权炙缙绅的同时，也“公受贿赂，共为奸利”，因而受到排挤及各种政治清算。他与耿柽、董如璧同时被送至大理寺根究，不仅受到黥刑，且贬死于贫困之中，还在世间留下了奸的恶名。

可以说，史达祖的结局，究其根源，是其不知进退、骄傲蛮横的个性所致。但也不能因为这一瑕疵，就全盘否定他的人品和气节，否则他一个小小的堂吏，也决然不可能与周邦彦、姜夔、吴文英、高观国等人并称于词坛。

史达祖的词以咏物为长，其中不乏身世之感。他曾在宋宁宗朝北行使金，这一时期的北行词，充满了沉痛的家国之感。姜夔称其词“奇秀清逸，有李长吉（李贺）之韵”。张镃《题梅溪词》则说“辞情俱到。织绡泉底，去尘眼中。妥帖轻圆，特其余事，至于夺苕艳于春景，起悲音于商素，有瑰奇警迈清新闲婉之长，而无（佚）荡污淫之失。端可以分镳清真（周邦彦）、平睨方回（贺铸）。而纷纷三变（柳永）行辈，几不足比数”。张镃是南宋著名词家，有《南湖集》传世，与辛弃疾、项安世、洪迈等名流时相唱和，他对史达祖的评赞，也可以代表南宋词坛诸公对史达祖的评价。

史达祖在摹写物象时，深入细致，精雕细琢，已经达到了出神入化的地步。过去的历史学家，根据元人所编《宋史》的观点，多把主张抗敌而失败的韩侂胄定为“奸臣”，因此也贬损了史达祖及其作品，所以他的很多文字都已散佚，今传有《梅溪词》，共存词112首，代表作《双双燕·咏燕》，风格工巧而绮丽。

第五章

当年豪气

CHAPTER FIVE

My pride of bygone years

渔家傲·寄仲高

陆游

东望山阴何处是？往来一万三千里。写得家书空满纸。流清泪，书回已是明年事。

寄语红桥桥下水，扁舟何日寻兄弟？行遍天涯真老矣。愁无寐，鬓丝几缕茶烟里。

Pride of Fishermen
For My Elder Cousin

Lu You

I gaze eastward: where is my native land?
I see but thousands of rivers and mountains stand.
I've written letter on letter but in vain
Having shed tear on tear,
I can receive no reply till next year.

I ask the running water under the Bridge Red
When my boat can go to find you at river's head.
I'm growing old by roaming to the end of the sky,
Sleepless I sigh,
Amid the tea and smoke only grey hairs remain.

默默地向东望去，故乡山阴究竟在哪里呢？来回相隔有一万三千里之遥，一封家书写满了花笺，说着无尽的思念，终不能彼此抵近，亦不过是满纸空言罢了。流着两行思乡的清泪，暗思忖，只怕接到亲人的回信时，已然是明年的事情了。

寄问家乡红桥下的流水，何日里，才能驾着一叶扁舟，到桥下寻找我的兄弟？这一生，天涯海角走遍，真的感觉到衰老疲惫，而今更是愁绪满怀，长夜难寐，唯一能做的，便是终日里坐对袅袅升起的茶烟，却又任满头青丝，徒然换了几缕白发。

宋孝宗乾道八年（1172年）秋，陆游在川中阆州仙鱼铺，收到堂兄陆仲高从家乡山阴寄来的书信，作《仙鱼铺得仲高兄书》诗，其中有“病酒今朝载卧舆，秋云漠漠雨疏疏。阆州城北仙鱼铺，忽得山阴万里书”之句。陆仲高死于宋孝宗淳熙元年（1174年），此词当作于乾道八年至淳熙元年之间。

陆游（1125年—1210年），字务观，号放翁，越州山阴（今浙江省绍兴市）人。尚书右丞陆佃之孙，南宋著名文学家、史学家、爱国诗人。

陆游一生笔耕不辍，诗词文俱取得相当高的成就。其诗语言平易晓畅，章法整饬谨严，兼具李白的雄奇奔放与杜甫的沉郁悲凉，尤以饱含爱国热情，对后世产生了深远的影响。其词与散文成就亦高，宋人刘克庄谓其词“激昂慷慨者，稼轩不能过”。

鹧鸪天·送人

辛弃疾

唱彻《阳关》泪未干，功名余事且加餐。
浮天水送无穷树，带雨云埋一半山。
今古恨，几千般，只应离合是悲欢？
江头未是风波恶，别有人间行路难！

Partridges in the Sky
Farewell to a Friend

Xin Qiji

Tears are not dried after the songs of adieu.
Take meals and let no cares worry you.
The boundless water flows along endless trees high,
Half of the mountains buried in the cloudy sky.

Weal and woe, old and new,
Joy to meet, grief to part, all come in view.
Not only waves will rise by riverside,
The way of the world is hard far and wide.

送别的《阳关曲》已经唱完，而脸上的泪水却还没干，叹息声声里，也只能默默劝慰自己，功名并不重要，重要的是努力加餐，过好自己的日子。

天边的流水，迅疾而浩荡，仿佛将两岸的树木，都于一刹那间，送向了无穷的远方；乌云更是挟带着无情的雨水，把那重重的高山，瞬间遮去了一半。

古往今来，使人愤恨不平的事情，何止千件万件，难道只有离别聚首，才是人间的悲欢？江头风高浪又急，却未必就会遭遇险恶，唯有人生要行走的道路，才堪称真正的艰难。

这阕词是辛弃疾于宋孝宗淳熙五年（1178年）春，自豫章赴行在临安途中，在江上与友人分别时所作。此时，他在仕途上已经历了不少挫折，因而此词抒发的都是悲愤不平的感慨。

贺新郎·把酒长亭说

辛弃疾

陈同父自东阳来过余，留十日。与之同游鹅湖，且会朱晦庵于紫溪，不至，飘然东归。既别之明日，余意中殊恋恋，复欲追路。至鹭鸶林，则雪深泥滑，不得前矣。独饮方村，怅然久之，颇恨挽留之不遂也。夜半投宿吴氏泉湖四望楼，闻邻笛悲甚，为赋《贺新郎》以见意。又五日，同父书来索词，心所同然者如此，可发千里一笑。

把酒长亭说。看渊明、风流酷似，卧龙诸葛。何处飞来林间鹊，蹙踏松梢微雪。

要破帽多添华发。剩水残山无态度，被疏梅料理成风月。两三雁，也萧瑟。

佳人重约还轻别。怅清江、天寒不渡，水深冰合。路断车轮生四角，此地

行人销骨。问谁使、君来愁绝？铸就而今相思错，料当初、费尽人间铁。

长夜笛，莫吹裂。

Congratulations to the Bridegroom Written for Chen Liang

Xin Qiji

Wine cup in hand, at Long Pavilion I say
About poet Tao's style and way
Like the premier's of ancient day.
From where comes the magpie in flight,
Treading on the tip of pine covered with snow slight,
Which falls on my cap worn and adds to my hair white?
The hills and rills desolate appear,
Only sparse mume blossoms blow in the breeze
And shiver in moonlight.
Two or three wild geese
Look also sad and drear.

Of parting and not meeting we made light,
I regret on river clear I was lost,
In weather cold it can't be crossed.
For water deep-frozen into ice won't flow.
The road is broken and no wheels can forward go;
Coming back, I'm frozen to the bone.
Saddened why should I have come alone?
My yearning is so strong,
Can I for you not long?
Now hearing at night the flute song,
I fear our parting might be wrong.

陈亮自东阳来探望我，留居十日。我俩同游鹅湖，后又同赴紫溪等候与朱熹会晤，朱因故未至，陈亮便飘然东归。别后的第二天，我因为恋恋不舍，便决意追送他一程，走到鹭鸶林的时候，遇雪深泥滑，难以前进，便独自在方村饮酒，惆怅了许久，恨自己没能挽留他多住些日子。我于夜半投宿吴氏泉湖四望楼，闻邻笛甚悲，便写下了这阕《贺新郎》以寄托情思。过了五天，陈亮来信索取此词，没想到我俩虽千里相隔却能心意相通，料想彼此一定会在同时发出会心的微笑。

端着酒杯与你在长亭话别，自是依依不舍。你安贫乐道的性格看上去很像隐居南山之下的陶渊明，但你潇洒的风度和杰出的政治军事才干又像极了被人们称作卧龙的诸葛亮。

不知道是从哪片林子里飞来的喜鹊，愣是把松树树枝上的残雪踢落下来，一点一点地掉在我俩的破帽上，仿佛故意要给我们多增添些花白的头发。

放眼望去，草木枯萎，山水凋残，天地之间，一切有情无情之物，都迅即失去了往日的光华与娟好。幸好，还有几树稀疏的梅花，在它们的点缀之下，这凛冽的冬日，才算有了几分活色生香的韵致。然而，横空飞过的两三只大雁，还是把这满眼的孤寂与萧瑟，一览无余地彰显了出来。

你是那样信守承诺，千里迢迢赶至鹅湖与我相会，只可惜，才刚刚相逢，却又匆匆地离别。遗憾的是，天寒水深，江面封冻不能舟渡，我怎么也无法追上你，怎不令人怅恨彷徨。车轮也仿佛生出了四角不能转动，这地方真让惜别的行人神伤惨切。

试问，到底是谁使我烦恼如许愁闷如许？放你东归，已经让我追悔莫及，这难耐的相思，仿佛是当初用尽了人间的铁才铸成的大错，奈之若何？长夜漫漫，看不到破晓的希望，突地却听到从远处传来一阵悲凄的笛声，更让我惆怅难眠，唯愿那笛音快快止歇，千万不要让它吹裂了笛子。

宋孝宗淳熙十五年（1188年）冬，陈亮远道来访，与辛弃疾同游鹅湖，虽然为期只有十天，但在辛弃疾一生当中，这次相聚却是一次非常有意义的会见。陈亮东归之后，辛弃疾便写下了这阕《贺新郎》，之后两人往返唱和，各自写了三阕，但其中的主题思想，始终都脱离不了抗击金人、光复中原的志向。

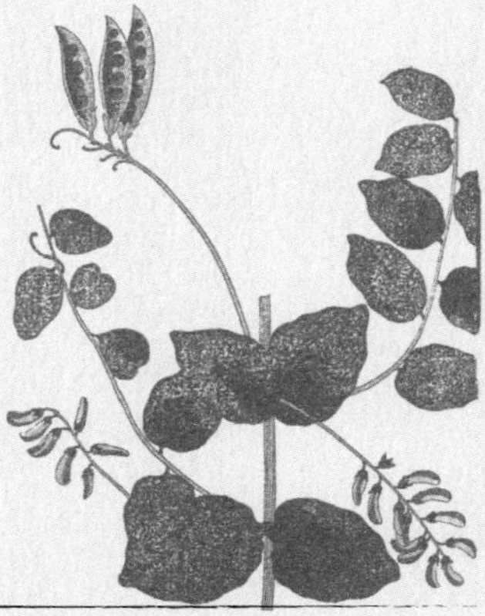

贺新郎·同父见和再用韵答之

辛弃疾

老大那堪说。似而今、元龙臭味，孟公瓜葛。我病君来高歌饮，惊散楼头飞雪。笑富贵千钧如发。硬语盘空谁来听？记当时、只有西窗月。重进酒，换鸣瑟。

事无两样人心别。问渠侬：神州毕竟，几番离合？汗血盐车无人顾，千里空收骏骨。正目断关河路绝。我最怜君中宵舞，道『男儿到死心如铁』。看试手，补天裂。

Congratulations to the Bridegroom
In Reply to Chen Liang

Xin Qiji

What shall I say with my old age in view?
I have but close relations and friendship with you.
Ill when you came, I rose and crooned, we drank by day;
The startled snow on the roof flew away.
We laughed at rank and wealth as light as hair.
Who would listen to our brave words in the air?
I remember when night was deep,
Only the moon into my west window would peep.
We drank our wine again
And played on lute in vain.

Minds differ on one and the same thing.
I would ask them an answer to bring.
How many times has our sacred land been united
Or divided?
A fast steed used as a draft horse would lose its breath.
Should its value be unknown till its death?
I stretch my eyes to find the broken way
And admire you dancing before the break of day.
A hero should not fear to look death in the eye.
See how we try
To mend the sky!

当此之时，英雄坐老，壮志难酬，白白虚度了这许多光阴，还有什么可以说的？而今，偏偏遇见了你这个跟陈登、陈遵一样充满侠气的臭味相投者，我便忍不住要说道说道了。

我正生着病，你就来了。我兴奋得手舞足蹈，终日陪你高歌痛饮，久违的快乐和真挚的友情，瞬息之间便驱散了楼头上飞雪的寒意。可笑那些虚妄的功名富贵，世人都将它们看得比千钧还重，我们却把它们看得比毫毛还轻，或许，这才是我们如此投缘的缘故吧！

我们志在恢复中原，心无旁骛，可当时所谈论和阐发的，那些事关国家兴亡的真知灼见，却又有谁听到了呢？除了我俩，没有任何人能够体会我们这满腔的报国热情，只记得你我纵论天下之际，唯有西窗外那轮不问人间沧桑的明月，始终伴着我们度过了一个又一个漫漫长夜。我们志同道合，谈得是那么投机，尽管夜已深沉，但我们依然一次又一次地为对方斟着美酒，并不断更换着琴瑟音乐，一点也没有显出疲态，反而还精神抖擞得厉害。

国家大事依然如故，可人心却大为消沉，再也不同于以往，更没有多少人愿意为收复失地而决战沙场、冲锋陷阵了。我想问问那些一心主和的决策者们，这神州大地，究竟还要被金人割裂主宰多久呢？汗血宝马拖着笨重的盐车无人顾惜，当政者却要到千里之外用重金购买骏马的骸骨，这不是本末倒置，荒唐到了极点吗？

极目远眺，关塞河防，道路阻塞，不能通行，到底什么时候，王师才能够出兵收复失去的中原故土？我最敬重你有着像祖逖一样闻鸡起舞的壮烈情怀，更喜欢你说过的那句慷慨激昂的话，你说男子汉大丈夫，对待抗金北伐的决心，至死也要像铁一般坚定。是啊，真正的志士，那颗报国之心到死都不会改变，我希望与你一道大显身手，像女娲补天一样，力挽狂澜，为国家、为朝廷做出我们应有的贡献。

宋孝宗淳熙十五年（1188 年）冬，陈亮自浙江东阳前往江西上饶北郊带湖，拜访退居此地的辛弃疾。陈亮在带湖住了十天，辛弃疾陪他同游鹅湖，纵谈天下大事，议论抗金复国，极为投契。

后来，陈亮因朱熹失约未来紫溪（今江西省铅山县南），遂匆匆别去。辛弃疾在他离开后，写了一阕《贺新郎》寄给他，陈亮也很快和了一阕《贺新郎·寄辛幼安和见怀韵》回寄给辛弃疾。辛弃疾见到陈亮的和词以后，再次回忆起他们相会时的情景，忍不住提笔写下了这阕《贺新郎·同父见和再用韵答之》，从时间上看，这阕词很可能作于淳熙十六年（1189 年）的春天。

贺新郎·寄辛幼安和见怀韵

陈亮

老去凭谁说？看几番、神奇臭腐，夏裘（qiú）冬葛。父老长安今余几？后死无仇可雪。犹未燥、当时生发！二十五弦多少恨，算世间、那有平分月！胡妇弄，汉宫瑟。

树犹如此堪重别！只使君、从来与我，话头多合。行矣置之无足问，谁换妍皮痴骨？但莫使、伯牙弦绝。九转丹砂牢拾取，管精金、只是寻常铁。龙共虎，应声裂。

Congratulations to the Bridegroom In Reply to Xin Qiji

Chen Liang

To whom can I say I am old?
How many times have I seen good turn bad,
And people wear thin silk in winter cold?
How many old men live with burning shame:
How many young men burn with vengeful flame?
The twenty-five strings reveal so much grief and pain.
Shining over the earth,
How can the moon wax and not wane?
Now only Tartar women play music in mirth.

Even trees grieve
To see us leave.
Only you and I are glad
To talk heart to heart.
How can we bear to part?
Now parted we are, without doubt.
Who could change our bones and skin,
Fair without,
Hard within?
Don't break for a connoisseur your lute string!
Even iron may melt into gold.
Let dragon bold and tiger bring
Back the lost land age-old!

年华渐渐老去，我又能向谁低低地诉说？看遍了世间的风云变幻，见过了太多是非颠倒、指鹿为马的怪事，到如今，倒又见怪不怪了。

那时候留在中原的父老乡亲，若活到今天的话，也已经所剩无几。年轻的后生们，当年还都是些乳臭未干、胎毛尚未长出来的婴儿，现如今也只知道得过且过，哪里晓得什么叫作复仇雪耻？宋金议和，带来的是无尽的悔恨，试问，这世间又哪里有什么南北政权平分土地的道理？胡女弄乐，弹奏的却是汉宫瑟，这不是反客为主又是什么！

树木怀着对大地的情意，渐渐地长大了，你我的情谊也变得愈来愈深，又怎生经得住长久的离别！这世间，唯有你与我有着诸多相同的见解，尽管眼下我们天各一方，但只要双方的初衷始终不变，则无须多问挂念。

千万千万，不要让知音断绝。要知道，只要经得起千般锻炼，就一定能使寻常的铁器变成珍贵的金子，到那时，即便是难以炼就的龙虎丹，也定然会应声迸裂出鼎。而我们，只要保持必胜的信念，相信亦会为抗金大业贡献上一份力量。

宋孝宗淳熙十五年（1188年）冬，陈亮约朱熹，在赣闽交界处的紫溪与辛弃疾会面。陈亮先由浙江东阳抵达江西上饶，访问了罢官闲居带湖的辛弃疾，而这阕词则是词人与辛弃疾分别后，以答辛弃疾所赠《贺新郎·把酒长亭说》所写的作品。

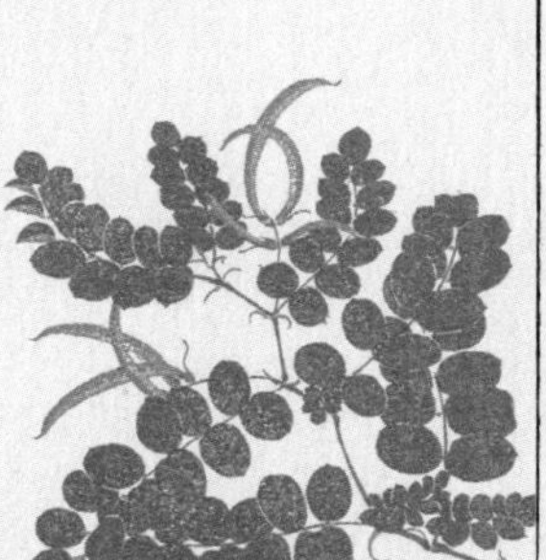

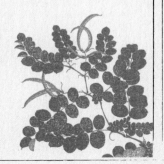

贺新郎·酬辛幼安再用韵见寄

陈亮

离乱从头说。爱吾民、金缯(zēng)不爱，蔓藤累葛。壮气尽消人脆好，冠盖阴山观雪。亏杀我、一星星发。涕出女吴成倒转，问鲁为齐弱何年月。丘也幸，由之瑟。

斩新换出旗麾(huī)别。把当时、一桩大义，拆开收合。据地一呼吾往矣，万里摇肢动骨。这话霸、只成痴绝。天地洪炉谁扇鞴(bèi)，算于中、安得长坚铁。淝水破，关东裂。

Congratulations to the Bridegroom

Chen Liang

How has our country become weak?
The people loved far less than gold
Live on grass and vine old.
Our vigor spent away, for peace we seek
Across the Northern Mountain peak.
My hair turns white as snow,
Ashamed I go,
Like the princess sent to the frontier
With tear on tear.
Lucky was Confucius old,
He had Zi Lu, a disciple bold.

If you came out with flags and banners new,
And commanded an army in view,
You'd gather ours or scatter hostile force.
If you held your hand high
And raised a cry,
I would be prompt to ride my horse,
And go for miles and miles and swing my arm,
But this is only a fanciful alarm.
The world is a furnace great,
Where we may melt our fate.
In a battle against the strong,
Victory to the weak might belong.

老百姓为什么总是辗转流离在逃难的路上，我们还是从头开始说吧！病根就出在那些成天说着因为爱惜子民，才不惜把他们赖以生存的金银财帛，一次次地呈贡给敌国政权的统治者们。

这样的说法，真如藤上缠藤，牵扯不清，而这样的做法，更是让情况变得愈来愈糟糕、愈来愈复杂，老百姓们也跟着变得愈来愈温顺脆弱，曾经奋发有为的壮气亦被消磨殆尽了。

国势衰微，面对金军的步步紧逼，朝廷只好派使臣到北方去求和。遗憾的是，金廷根本就没把这些使臣放在眼里，而饱受屈辱的他们，自然也不可能在各项交涉中取得任何胜利，只能穿着华美的盛装，陪金主到阴山打猎，或是去观赏北国的雪景。

我始终盼望着恢复中原故土，这一等，就连头发都等白了。春秋时期，齐国国君齐景公，由于畏惧处于南夷之地的吴国，忍痛把自己的女儿送去和亲；鲁国也曾因为受到齐国的欺辱而不敢反抗，导致国势一天比一天衰弱下去。历史就像是一面镜子，今日统治者苟安，甘受凌辱，主张向金国纳币求和，试问，长此以往，等待大宋王朝的将会是怎样的结局，而大宋因金国的兴起一再转弱的尴尬局面，到底又要等到何年何月才能得到改变？

仲由弹起瑟来有杀伐之声，实在是孔丘的荣幸。尽管眼下，举国上下都认为出兵北伐不是明智的决定，却幸好有你我这样的坚毅之人，仍在坚持自己的观点，没有轻易被任何人左右。

我们现在应该打出完全不同的崭新的抗战旗帜来，把鹅湖之会时我们所商讨的那桩大义，向老百姓反反复复地予以广泛的宣传阐述。只要我们守住根据地振臂一呼，必定会得到八方响应，到那时，大家奋起抗金的战斗呼声也定然会震撼万里山河大地。

可叹的是，我们的壮志豪情，反倒成了那些主和派笑为痴狂的话柄。天地就是一座大熔炉，世间万事万物亦如身处熔炉之中的铁块，消熔殆尽不过是顷刻之间的事。想那金国也并非永远坚如铁板一块。只要我大宋君振臣励，上下齐心，努力共事恢复，就一定会等到大败敌军、扬眉吐气的那一天。

宋孝宗淳熙十五年（1188 年）冬，辛弃疾和陈亮在江西上饶会晤。二人在带湖聚首十日，又同游铅山鹅湖，他们纵谈天下大事，深入探讨救国抗战方略，之后依依话别，陈亮飘然东归浙江。这就是历史上传为佳话的“鹅湖之会”。

这场聚会留给后人的，不仅有关于高尚友谊的动人传说和激昂悲壮的爱国主义思想，还有辛、陈二公于事后因互相思念而命笔唱和的一系列脍炙人口的瑰丽词篇。而这阕词即为陈亮和词的第二首，大约写于淳熙十六年（1189 年）春天，是在接到辛弃疾答陈亮的第一首和词的同调词(老大那堪说)之后的再和之作。

念奴娇·留别辛稼轩

刘过

知音者少，算乾坤许大，著身何处。直待功成方肯退，何日可寻归路。多景楼前，垂虹亭下，一枕眠秋雨。虚名相误，十年枉费辛苦。

不是奏赋明光，上书北阙，无惊人之语。我自匆忙天未许，赢得衣裾尘土。白璧追欢，黄金买笑，付与君为主。莼chún鲈江上，浩然明日归去。

Charm of a Maiden Singer
Farewell to Xin Qiji
Liu Guo

The connoisseurs are few,
Immense is the land,
Where can I stand?
If I do not retire till my aims are fulfilled,
Then when can I go back to till my field?
Before the tower of multiple view,
Under the pavilion of rainbow hue,
I'll sleep on my pillow to hear autumn rain.
For high renown
I have toiled up and down
Ten years in vain.

Not that I can't write verse in palace hall
Nor that what I say has no worth at all,
But Heaven's Son won't approve my toil.
What I have won is but dust on my soil.
I won't make merry with white jade,
Nor buy a beauty's smile with gold displayed,
But leave all for you to decide.
I'll eat my bream on native riverside.
And go home tomorrow
Without regret or sorrow.

知音太过稀少，算算天地之间如此之大，却不知道哪里才是我的安身之处。我早已下定决心，要等到收复中原、建功立业之后，才肯退隐，却不知道什么时候才可以功成身退，沿着旧路回归故里。繁华的多景楼前，精致的垂虹亭下，我安然地倚着枕头，听秋雨淅沥，听着听着也就睡着了。这虚妄的名利真是误我太深，追求了十年，到头来，依然是白白辛苦了一场。

我不是没有向朝廷献上过辞赋，也不是在向朝廷上书献上治国安邦的策略时没有写出过惊人之语。一心想要恢复中原的我，可能是太过心急了，所以皇上一直都没有采纳我的进言，终落得个衣裾上尽是尘土的狼狈结局。白璧追欢、黄金买笑的事，还是由你担任主角吧，我已经像张翰那样动了莼鲈之思，决心明天就归隐而去了。

据《江湖纪闻》记载，刘过与辛弃疾是莫逆之交。宋宁宗嘉泰三年（1203年）左右，刘过因母病告归，辛弃疾知其囊中羞涩，遂买船筹资相送。刘过有感于他的知遇之恩，遂赋词留别，慷慨激昂，向其抒发生平之志，并倾诉自己报国无门的感慨。

刘过（1154年—1206年），字改之，号龙洲道人，南宋文学家。吉州太和（今江西省泰和县）人，长于庐陵（今江西省吉安市），去世于江苏昆山，今其墓尚在。

四次应举不中，流落江湖间，布衣终身。曾为陆游、辛弃疾所赏，亦与陈亮、岳珂友善。词风与辛弃疾相近，抒发抗金抱负狂逸俊致，与刘克庄、刘辰翁享有“辛派三刘”之誉，又与刘仙伦合称为“庐陵二布衣”。有《龙洲集》《龙洲词》存世。

满江红·送廖叔仁赴阙

严羽

日近觚(gū)棱，秋渐满、蓬莱双阙。正钱塘江上，潮头如雪。把酒送君天上去，琼琚玉佩鹓(yuān)鸿列。丈夫儿、富贵等浮云，看名节。

天下事，吾能说。今老矣，空凝绝。对西风慷慨，唾壶歌缺。不洒世间儿女泪，难堪亲友中年别。问相思、他日镜中看，萧萧发。

The River All Red

Yan Yu

The sun sheds its departing rays over the tiles,
Gradually autumn smiles
And fulfils the two palace towers.
Viewed from the riverside town,
The tidal bore is white as snow.
Wine cup in hand, I see you skywards go
To join the lords in row.
A hero proud
Regards wealth and rank as floating cloud
Not so high as honor or renown.

The world affair
Is what I care.
But now I'm old,
What can be told?
Sighing in western breeze,
I can't do as I please.
Unlike a woman shedding tears,
How can I part with my middle-aged peers?
We'll miss each other, alas!
Another day
When we look into the glass,
What can we find but our hair grey?

秋色渐浓，临安城中那些雕梁画栋、富丽堂皇的宫阙上，高高的觚棱仿佛都已经抵近日头了。又到了一年一度观潮的季节，钱塘江上，潮水汹涌，浪涛如雪，你可千万不要错过了这人间难得的好景致。

劝君饮下这离别的美酒，想到明天你就要与那些身佩琼玉的朝廷大臣们一起排列整齐地去朝觐天子，我便由衷地为你感到高兴。大丈夫志在四方，当始终保持做人的气节，报效朝廷，切勿贪慕那虚浮的荣华富贵，时时刻刻都要注重自己的名誉和节操。

我虽然一直都隐居于湖山之间，但却无时无刻不在关注着天下大事，而且有着自己独特的见解与主张，倒也能说出个头头是道来，既不会人云亦云，也不会与那些卖国的投降派同流合污。可惜的是，而今的我已然老去，仕途无望，满腔赤诚转眼成空，一身抱负亦无从施展，留下的只有无尽的愁怀。

面对凄厉的秋风，我亦慷慨地效仿起东晋大将军王敦，在酒后吟诵起了曹操所写的雄浑诗句，虽已至垂暮之年，却仍旧怀着一颗壮志雄心，希望能有机会一展宏图，以尽拳拳报国赤子之心。人到中年，与好友相别，本已是一桩令人伤感与难堪的事，却又不能像儿女们那样，在分别时挥洒泪水，怎不惹人惆怅彷徨。唉，咱们这次离别之后，要想知道彼此的思念之情有多深，今后只需要捧起镜子，看看镜中那满头的萧萧白发，便一望而知了。

严羽的诗论《沧浪诗话》，强调诗歌的本质在于“吟咏情性”，而作为以抒情为主的词来说，在他看来也许更应当如此。这阕送别词，是写给他即将去朝廷任职的好友廖叔仁的，字里行间，情深意切，将对朋友的忠告，以及自己满腔的情愫及所思所想，都表现得淋漓尽致，读来余味无穷，意蕴深长。

严羽，字丹丘，一字仪卿，自号沧浪逋客，世称严沧浪。南宋诗论家、诗人。邵武莒溪（今福建省邵武市）人，生卒年不详。

据其诗作，推知主要生活于宋理宗在位期间，至宋度宗即位时仍在世。一生未曾出仕，大半隐居在家乡，与同宗严仁、严参齐名，号“三严”；又与严肃、严参等八人，号“九严”。

严羽论诗推重汉魏盛唐，号召学古，所著《沧浪诗话》亦名重于世，被后人誉为宋、元、明、清四朝诗话第一人。

一剪梅·余赴广东实之夜饯于风亭

刘克庄

束缊(yùn)宵行十里强。挑得诗囊，抛了衣囊。天寒路滑马蹄僵，元是王郎，来送刘郎。

酒酣耳热说文章。惊倒邻墙，推倒胡床。旁观拍手笑疏狂。疏又何妨，狂又何妨？

A Sprig of Mume Blossoms
Farewell at Phoenix Pavilion

Liu Kezhuang

I traveled by torchlight for ten long miles at night,
With light baggage
But thick package.
On slippery roadside in cold day horsehoofs slide;
You come anew
To say adieu.

With face flushed with wine, we talk and write verse fine,
Trembling the wall,
Startled the hall.
People clap hands so glad, laughing to say we're mad.
What if we're free
Or in high glee?

举着用乱麻束成的火把，在天亮之前，我一口气赶了十多里路，终于来到了与诸君饯别的风亭。天寒地冻，路滑难行，就连马蹄都被冻僵了，幸好这次远行，我只随身携带了自己的诗书文章，扔下了装着衣服的行囊，否则就要多狼狈有多狼狈了。尽管天气恶劣，但好友王实之依然趁着浓重的夜色远道赶来为我送行，这份深厚的情谊，足以让我铭记一生。

我们一杯接着一杯地大口喝着美酒，直喝到耳根发热，面颊发烫。兴之所至，不由得手舞足蹈地议论起时事来，正可谓高谈阔论、豪言迭发，不一会儿就因为语出惊人，让邻座的客人们都侧目而视，甚或目瞪口呆。我们越说越兴奋，越说越激动，加之醉酒的缘故，说到最后，竟然起身推倒了与邻座相隔的屏风，掀翻了交椅。在场的所有人不仅没有怪罪我们，反而笑着为我们的放荡不羁与疏放狂妄拍起手来。人生苦短，知音难觅，两个意气相投的人聚到了一起，疏放一点又有什么关系，狂妄一点又有什么妨碍呢！

宋理宗嘉熙三年（1239年）冬，刘克庄被贬广东，任广南东路提举常平官，其友王迈（字实之）为之送行。刘克庄曾在《满江红·送王实之》一词中称赞王迈“天壤王郎，数人物、方今第一”，反映出他对王迈的敬重与赏识，而在刘克庄奔赴广东之际，王迈则夜半相送，二人深厚真挚的情谊由此可见一斑。

酹江月·和友驿中言别

文天祥

乾坤能大，算蛟龙元不是池中物。风雨牢愁无著处，那更①寒蛩qióng四壁。横槊shuò题诗，登楼作赋，万事空中雪。江流如此，方来还有英杰。堪笑一叶漂零，重来淮水，正凉风新发。镜里朱颜都变尽，只有丹心难灭。去去龙沙，江山回首，一线青如发。故人应念，杜鹃枝上残月。

①寒蛩一作：寒虫

Drinking to the Moon on the River
Reply to Farewell in Post House

Wen Tianxiang

Immense is the universe.
Could dragons be imprisoned in pools so small?
How can we stay in wind and rain,
In grief and pain?
How can we bear
Cold crickets' chirp at the foot of the wall?
Where is the hero, spear in hand, crooning his verse?
And where's the talents' tower? All
Has vanished like snow in the air.
Seeing the river
Running forever,
We need not fear
No hero would appear.

Alas! Like wafting leaves, you and I,
We come again to River Huai,
When the cold breeze begins to blow.
In the mirror we find a face oldened in woe,
But still unchanged is our loyal heart.
Now for the northern desert we start;
Turning our head,
We see a hairlike stretch of land outspread.
If my old friend should think of me,
Listen to the wailing cuckoo on the moonlit tree!

天地乾坤，如此广阔无垠，你我都是胸怀大志的英雄豪杰，尽管而今仿佛蛟龙一样被困在了池中，但终有一日会挣脱樊篱，一飞冲天，腾云驾雾，大有一番作为。

秋风秋雨愁煞人，再加上牢房里的蟋蟀在四周鸣叫个不停，我便更加心烦意乱、愁肠百结。曹操横槊题诗，气吞万里；王粲登楼作赋，千古风流。自古至今，万事万物，都像极了空中飞舞的雪花，转瞬即逝，但即便如此，眼前波涛汹涌的长江，却让我重新振作了起来。你看那滔滔不绝的大江之水，后浪推前浪，尽管曹操、王粲已成往事，但我坚信，在不久的将来，肯定还会有英雄豪杰起于田野，完成我们未竟的事业。

可笑你我身不由己，跟随着秋天里的第一缕凉风，又来到了熟悉的秦淮河畔，却叹已是身陷囹圄的囚徒之身。镜中的你我，曾经青春俊美的容颜，都已被憔悴与苍老取代，变得连我们自己都不敢相认了，万幸的是，那两颗誓要保家卫国、与元虏一决生死的英雄之心，却从来都不曾有过任何的改变。

我就要离开故都，被放逐到遥远的荒漠之地。想必到那个时候，我一定会在沙漠里依依不舍地回望故国，但见万里江山依旧一片青葱苍翠之色，却是离得我越来越远了。此去唯有一死，即便为国捐躯，我也要化作杜鹃归来，生为大宋鞠躬尽瘁，死亦魂依故土，你日后若是想念我了，就在月光下听听杜鹃在树枝上发出的悲啼吧！

这阕词作于南宋祥兴二年（1279 年）八月。祥兴元年（1278 年）十二月，文天祥率兵继续与元军作战，兵败，在五坡岭（今广东省海丰县北）被俘；次年四月，元军将其押往大都（今北京市），与他一同被解送的还有他的同乡好友邓剡。

在途经金陵时，邓剡因病暂留天庆观就医，文天祥则继续被解北上。临别时邓剡写了一阕《酹江月·驿中言别》赠予文天祥，对国家的不幸表示出极大的愤慨，同时也对文天祥的爱国壮举表达了热忱的赞慕，而文天祥则写下了这阕和词酬答邓剡。邓词与此词均用苏轼《念奴娇·赤壁怀古》原韵。

文天祥（1236 年—1283 年），字宋瑞，一字履善，号文山，吉州庐陵（今江西省吉安市）人。

宋理宗宝祐四年（1256 年）举进士第一。宋恭帝德祐元年（1275 年），元兵东下，于赣州组义军，入卫临安（今浙江省杭州市）。次年除右丞相兼枢密使，出使元军议和被拘，后脱逃至温州，转战于赣、闽、粤等地，曾收复州县多处。

宋末帝祥兴元年兵败被俘，誓死不屈，就义于大都。能诗文，诗词多写其宁死不屈的决心。有《文山先生全集》存世。

甘州·寄李筠房

张炎

望涓涓一水隐芙蓉，几被暮云遮。正凭高送目，西风断雁，残月平沙。未觉丹枫尽老，摇落已堪嗟。无避秋声处，愁满天涯。

一自盟鸥别后，甚酒瓢诗锦，轻误年华。料荷衣初暖，不忍负烟霞。记前度剪灯一笑，再相逢、知在那人家。空山远，白云休赠，只赠梅花。

Song of Ganzhou
To a Friend
Zhang Yan

See lotus in bloom
On mist-veiled water loom!
I climb up high and gaze afar on the wild geese
Under the waning moon over the beach in west breeze.
I'm grieved for maples grown old
Have shed all red leaves cold.
Where can I not hear autumn sigh?
Grief brims over the end of the sky.

Since you left me, I've spent my years in verse and wine;
Clad in lotus, could you leave rainbow cloud so fine?
Last time we met, we laughed by candlelight;
Meeting again, can we enjoy the same delight?
Your mountain's bare and far away from my bower.
Do not bring me clouds white
But the cold-proof mume flower!

触目所及之处，涓涓流水中的荷花，几乎都被傍晚的云朵给遮蔽住了。站在高处望向远方，一只离群的大雁在西风里孤单地翩飞，一轮残月高高地挂在平坦的沙滩上空，四周都是一派凄凉荒芜的景象。不知不觉间，丹枫已经老尽，随风飘舞，摇摇欲坠，这一切的一切，落入眼帘，都不免让人感到无限的伤感与惆怅。即使逃到天涯海角，也无法摆脱内心的愁苦情绪。

自打和你分别后，我一直在饮酒赋诗的生活中消磨时间，苦苦煎熬，空误了这许多大好时光。料想你在国破家亡之后，因不忍辜负朝廷对你的恩情，早就穿上了荷叶编织的衣服，过上了终老林下的隐士生活，宁可做大宋的遗民，也不肯出仕替元人做事。记得你我曾在灯下相聚，诗酒唱和，剪烛夜语，快活得忘乎所以，不知道何时何地才能够再度相逢，把酒共欢，怎不惹人惆怅莫名。唉，你我今日既已隐遁空山，而山中则多的是缥缈的白云，所以自今后，如欲两地相赠以叙旧情的话，那就撇开白云，只赠以一枝不畏冰霜、品格高洁的梅花吧！

这阕词约作于元兵攻占临安（1276年）后的一二年之内。李筠房在宋理宗淳祐年间曾任沿江制置司属官。宋亡后，他不愿出仕，便和自己的兄弟一起隐居在龟溪（今浙江省衢江市）一带，时人称之为“龟山二隐”。其时，张炎经常与他们相聚，并以诗词相互酬唱，该词就是在这段时期内创作的。

琴调相思引·送范殿监赴黄岗

贺铸

终日怀归翻送客，春风祖席南城陌。便莫惜离觞频卷白。动管色，催行色；动管色，催行色。

何处投鞍风雨夕？临水驿，空山驿；临水驿，空山驿。纵明月相思千里隔。梦咫（zhǐ）尺，勤书尺；梦咫尺，勤书尺。

Lovesick Song of the Lute
Parting with a Friend

He Zhu

Homesick all the day long, I see my friend going down;
We bid adieu in vernal breeze south of the town.
Let us drink our cups dry!
The flute will blow and hasten you to go.
The flute will blow and hasten you to go.

Where will you take shelter on windy and rainy night,
By waterside or mountainside?
By waterside or mountainside?
Though miles apart, we can see the same moonlight.
In dreams we're nigh. Write by and by!
In dreams we're nigh. Write by and by!

无时无刻不在想着早日归家，没想到今天竟然反倒要在这里为挚友送别。春风和暖，在南城陌上的长亭，为即将踏上羁旅的友人饯行，不惜频频举杯劝酒，纵情豪饮，却是借酒消愁愁更愁。席间突地奏起了凄婉的管乐，似乎在催促着行人启程上路，怎一个无奈了得。

这风雨交加的夜晚，你将在何处解鞍投宿？想必也只能是野水边的客舍，抑或是空山上的驿馆了。纵使离别之后，我们相距千里之遥，也必定会把满腹的相思，寄于头顶上这同一轮明月，任它将彼此的牵念悄悄捎给对方。除此之外，我们还可以在梦中相聚，也可以勤写书信，默默传递双方的情谊。

贺铸在外做官，他乡为客，无时无刻不在思念着家乡，盼望着能够早日归去。恰逢要送别好友范殿监赴黄冈做官，心中更是集聚了满满的羁宦之愁。该词最突出的特点，就是叠句的运用，重复的叠句生动再现了词人与友人临别之际，依依不舍、反复嘱托的神态，也透露出分别时二人心中百转千回的复杂滋味，表现出作者与友人之间动人的友谊。

贺铸（1052年—1125年），字方回，又名贺三愁，人称贺梅子。卫州（今河南省卫辉市）人。北宋词人。

千万别小看了贺铸，他不仅是宋太祖赵匡胤原配妻子贺皇后的族孙，还是唐朝大诗人贺知章堂弟贺知止的十五代孙。尽管不是贺知章的直系后裔，但这并不妨碍他一直对外宣称自己是贺知章的后人，并以贺知章晚居庆湖（即镜湖）的缘故，自号庆湖遗老。

既然是贺皇后的族孙，家中对他的教育自然十分上心，他七岁的时候便已开始习诗。集天资与勤学于一身的贺铸，到了舞象之年时，早已学得满腹经纶。遗憾的是，上天给了他煊赫的家世和杰出的才华，却没能给他一副好的皮囊，从出生之日起，终其一生，他不仅与英俊潇洒、玉树临风无缘，反倒长了一副奇丑无比的面容，真正是人见人怕，花见花骇。

史书记载，他身高七尺，面色青黑如铁，眉目耸拔，好似鬼魅一样，人皆称其为“贺鬼头”，跟他雍容妙丽的词作比起来，简直一个是天堂，一个是地狱。但即便如此，由于他出身好，他娶的仍是貌美如花的宗室之女，不知道要气死多少看官。

贺铸的五世祖贺怀浦，四世祖贺令图，都曾于沙场上冲锋陷阵，立下过赫赫战功，所以贺铸自幼就渴望做一个顶天立地、造福于社稷的英雄，哪怕戎马一生，亦自得其乐。

心中有了目标，便要付诸实践。幸运的是，贺铸不用经过科考的层层筛选，家族的荣光就让他得以顺利进入官场。他十七岁便离开家乡，赴京担任右班殿直一职。汴京成了贺铸梦想开始的地方，但因为他出身高贵，加之性格豪爽耿直，初入官场的他特别喜欢议论朝政，即便当事人身为权贵，他也毫不畏惧，一点也不怕得罪人后会给自己带来怎样的麻烦。

贺铸有个同僚，仗着自己显赫的出身，为人十分骄纵傲慢，身边人都是敢怒而不敢言。鉴于此，贺铸一边默默观察对方，一边私下收集对方各种不法的证据，准备找机会好好收拾他一番。终于，功夫不负有心人，贺铸很快就掌握了对方偷盗公物的罪行，二话没说，就将同僚关在了密室里，对其施以刑罚，小以惩戒了一番。自此，那位同僚便再也不敢为非作歹了。

像这般刚正不阿、不畏权贵的行为，贺铸还有很多。但水至清则无鱼，官场从来不是绝对公平的地方，贺铸的仕途自然也受到了影响。因不肯为权贵屈节，贺铸一生都沉于下僚，郁郁不得志，做的最大的官，也不过是太平州通判而已，晚年则以承议郎致仕，从此退居苏州，杜门校书，并以此终老。

尽管官职低微，但贺铸一直都秉持着清正廉洁的为官理念，所以他一家的生活始终过得特别清贫，常常要以借高利贷来维持生计，或用一些值钱的物件抵押典当，来换取必需的生活用品。但不管日子如何艰难，他也决不肯侵占百姓一丝一毫的利益，而这也给他带来了不错的官声。

贺铸是一个非常有个性的人，除了喜欢议论朝政，还特别喜欢批评别人，而且丝毫不留情面，即便是权倾一时的豪门显要，只要稍不中意，他便会毫不留情地辱骂之。人们都觉得他的行为很像侠客，就连他自己也说："铸少有狂疾，且慕外监之为人，顾迁北已久，尝以'北宗狂客'自况。"

贺铸学识广博，记忆力特别好，且善于言辞。他的语言精深婉丽、细致严密，就像是按次序排比编织而成的彩绣。喜欢作曲的他，还常常把别人丢掉的曲子搜集起来，稍加剪裁、组织，便转化成了一支全新而又奇丽的曲子。他曾经不无夸耀地说过，在他的笔下，不仅驱使着李商隐、温庭筠这样的大文豪，而且常常都使他们为之不停地奔命。

贺铸能诗文，尤长于词。著有《东山词》，现存词280余首。其词内容、风格丰富多变，兼有豪放、婉约二派之长，更长于锤炼语言并善融化前人成句。用韵特严，富有节奏感和音乐美，部分描绘春花秋月之作，意境高旷，语言秾丽哀婉，近秦观、晏幾道，而其爱国忧时之作，则悲壮激昂，又近苏轼。南宋爱国词人辛弃疾等人，对其词均有续作，足见其影响之广。

第六章

故人何在

CHAPTER SIX

Where is now my old friend

贺新郎·送胡邦衡待制赴新州

张元幹

梦绕神州路。怅秋风、连营画角，故宫离黍。底事昆仑倾砥柱，九地黄流乱注。聚万落千村狐兔。天意从来高难问，况人情老易悲难诉！更南浦，送君去。

凉生岸柳催残暑。耿斜河，疏星淡月，断云微度。万里江山知何处？回首对床夜语。雁不到，书成谁与？目尽青天怀今古，肯儿曹恩怨相尔汝！举大白，听金缕。

Congratulations to the Bridegroom Seeing Hu Quan off to Xin Zhou

Zhang Yuangan

Haunted by dreams of the lost Central Plain,
I hear the autumn wind complain.
From tent to tent horns dreary blow;
In ancient palace weeds o'ergrow.
How could Mount Pillar suddenly fall down
And Yellow River overflow the town,
A thousand villages overrun with foxes and hares?
We can't question the heaven high;
The court will soon forget humiliating affairs.
'Tis sad and drear
To say good-bye
At Southern River.

Cold breath of river willows flies away
The remnant heat of summer day.
The Milky Way slants low;
Past pale moon and sparse stars clouds slowly go.
Mountains and rivers stretch out of view.
O where shall I find you?
I still remember our talking at dead
Of night while we two lay in bed.
But now wild geese can't go so far.
Who will send my letters where you are?
I gaze on azure sky,
Thinking of the hard times gone by.
Can we have but personal love or hate
As beardless young men often state?
Hold up a cup of wine
And hear this song of mine!

梦魂一直萦绕着沦陷在金人之手的中原大地。却恨秋风萧瑟，号角之声连绵不断，汴州故宫，已是一片支离破碎，凄凉荒芜。

为什么，恰似昆仑天柱般的黄河中流之砥柱，竟会突然崩溃，以致浊流泛滥，使九州之土陆沉，让中原百姓遭受离乱的痛苦，让数以万计的村落倏忽间变成狐狸和兔子横行的地盘？

天意从来都是高深莫测的，难以琢磨，更无从发问。现如今，我在这人世间已没几个知己，只得胡公你一人同在福州，而今又要送你别去，这满腹悲伤的情绪，究竟还能向谁低低地倾诉？

载着你的舟船就要启程了，在岸边为你送行的我却是怎么也不忍离去，只好默默陪你一起伫立在江边，直到摇摆的柳丝，为这热浪滚滚的仲夏季节送来一丝丝凉气。

抬头望望，银河依旧斜挂在天边，月光朦胧，云雾缭绕，几颗疏淡的星子正百无聊赖地眨着眼睛。这一别，不知道胡公今后将会流落至何处，不过要像从前那样聚在一起，坐在交椅上聊一晚上的知心话，想必是再无可能了。

大雁南飞，不逾衡阳，而今胡公被贬的新州更在衡阳之南，即便写好了书信，又将凭谁寄付？你我皆是胸襟广阔、高瞻远瞩之辈，目光所及之处，自然都是整个天下，关注的亦是古往今来的大事，岂肯像小儿女那样，只把心思都用在彼此的个人恩怨上？好了好了，我也不再絮聒个不休了，且举起酒杯，满饮了这杯中美酒，趁着这最后的一丝宁谧，听一曲珍惜时光的《金缕衣》吧！

这阕词作于宋高宗绍兴十二年（1142 年）秋，时作者寓居福州。北宋灭亡后，张元幹先有《贺新郎·曳杖危楼去》寄怀李纲，后有《贺新郎·送胡邦衡待制》送别胡铨，皆悲愤痛苦异常。

据宋王明清《挥麈后录》卷十所载，宋高宗绍兴八年（1138 年）十一月，胡铨上书反对宋金和议，请斩秦桧等三人以谢天下，朝野震动。胡铨先被谪监广州盐仓，改福州签判，绍兴十二年，再谪编管新州（今广东省云浮市新兴县），时张元幹作此词送行，并因此获罪下狱。

临江仙·高咏楚词酬午日

陈与义

高咏楚词酬午日，天涯节序匆匆。榴花不似舞裙红。无人知此意，歌罢满帘风。

万事一身伤老矣，戎葵凝笑墙东。酒杯深浅去年同。试浇桥下水，今夕到湘中。

Riverside Daffodils

Chen Yuyi

I chant the Southern Verse on Poet-Mourning Day
Far, far from home; time flies away.
The pomegranate's not so red as the dancer's dress,
No one knows my distress,
My song ruffles the curtain none the less.

What can I do now I am old!
The sunflower's smile's congealed in eastern corner cold.
My cup is brimful of wine as last year,
I pour libation here,
Each drop would turn into a tear.

我放声吟诵楚辞，以此来度过纪念屈原的端午节。漂泊天涯、流落他乡的我，总感觉到时光太过匆匆，一眨眼的工夫，又一个节气便又迅即消逝无踪。

异乡的石榴花再红，也比不上京师里那些衣袂飘飞的舞者的红裙子鲜艳惹眼，往日的春风得意、声名远播，更彰显出我现在的狼狈与不堪。没有人能够理解我此时的心境，一曲慷慨悲歌后，唯有满帘的凉风，始终伴着我的孤寂与无眠，奈之若何。

一切的欢愉都成往事，而今也只剩下这一身的老病，还有那一声接着一声的叹息了，就连迎着太阳，绽放在墙东的蜀葵，仿佛也在嘲笑我凄凉的处境。这杯中之酒，看上去与往年并没有什么不同，我试着将它浇到桥下的江水里祭奠屈原，却不知道它会不会顺着江流，在今晚就抵达湘江。

这阕词是陈与义在宋高宗建炎三年（1129年）所作。这一年，陈与义正流寓湖南、湖北一带。宋室南渡后，高宗听信奸佞之言，实行屈辱投降的卖国政策，以致国事日衰。词人在屈原投江的湘水一带漂流，正好赶上了端午节，深刻的家国之恨让他感时伤怀，遂挥笔写下了此词。

陈与义（1090年—1139年），字去非，号简斋。其先祖居京兆（今陕西省西安市），自曾祖陈希亮从眉州迁居洛阳后，故为洛阳（今河南省洛阳市）人，是北宋末、南宋初的杰出诗人。

南乡子·登京口北固亭有怀

辛弃疾

何处望神州？满眼风光北固楼。千古兴
亡多少事？悠悠！不尽长江滚滚流。
年少万兜鍪(móu)，坐断东南战未休。天下英
雄谁敌手？曹刘！生子当如孙仲谋。

Song of the Southern Country
Thoughts of Mounting on the Northern Tower

Xin Qiji

I gaze beyond the Northern Tower in vain.
It has seen dynasties fall and rise
As time flies
Or as the endless river rolls before my eyes.

While young, Sun had ten thousand men at his command;
Steeled in battles, he defended the southeastern land.
Among his equals in the world, who were heroes true
But Cao and Liu?
And even Cao would have a son like Sun Zhongmou.

从哪里可以望见中原故土？站在长江之滨的北固楼上，翘首遥望江北的金兵占领区，端的是满眼风光，满心凄凉。千百年来，人世间究竟经历过多少盛衰荣辱，这大好河山又经历过多少的兴亡？往事悠悠，英雄故去，唯有这烟波浩渺、无穷无尽的长江水，依旧无怨无悔地奔流不歇。

遥想当年，十九岁的孙权年纪轻轻，便已统率千军万马，雄踞东南一隅，二十七岁的时候，更凭借赤壁一役大败曹操，百战犹酣，是何等威风，何等英武！天下的英雄，谁人堪配做他的对手？也唯有曹操和刘备，勉强可以和他三足鼎立。难怪人们都说，生下的儿子就应当如孙仲谋一般优秀！

这阕词大约作于宋宁宗嘉泰四年（1204年）或开禧元年（1205年），当时辛弃疾正在镇江知府任上。嘉泰三年（1203年）六月末，辛弃疾被起用为绍兴知府兼浙东安抚使后不久，即第二年三月，又被改派到镇江去做知府。

镇江在历史上，一直是英雄用武和兵家必争之地，此时却成了南宋与金人对垒的第二道防线，所以每当词人登临京口北固亭之际，便会不由自主地触景生情，引发出各种感慨，而这阕词就是在这一背景下创作完成的。

满江红·登黄鹤楼有感

岳飞

遥望中原，荒烟外、许多城郭。想当年、花遮柳护，凤楼龙阁。万岁山前
珠翠绕，蓬壶殿里笙歌作。到而今、铁骑满郊畿（jī），风尘恶。
兵安在？膏锋锷（è）。民安在？填沟壑。叹江山如故，千村寥落。何日请缨提
锐旅，一鞭直渡清河洛。却归来、再续汉阳游，骑黄鹤。

The River All Red
On Mounting Yellow Crane Tower
Yue Fei

I gaze on Central Plain from afar.
Beyond the wasteland drear and dry,
How many city wails and towns there are!
In years gone by,
As many pavilions and bowers
Were screened by green willows and red flowers,
The Royal Hill adorned with pearls and emerald,
The Fairy Palace filled with flute songs. Now behold!
Neath city wails enemy horses raise a dust
When the wind blows in gust.

Where are our armed men?
By swords they were slain.
And people alike
Have filled moat and dyke.
Alas! The land still seems the same,
But villages lie ruined in war flame.
When can I get the order
To lead my warriors brave,
Whipping my steed, to cross the river wave
And clear the border?
When I come back again,
I'll make a southern trip on yellow crane.

乘兴登上黄鹤楼，遥望中原故土，但见荒烟缭绕之处，仿佛还有许多的城郭。想当年，东京城里，花团锦簇遮住了视线，柳树成荫掩护着城墙，到处都是雕龙砌凤的楼阁。万岁山前，插着珠翠的宫女成群结队地路过；蓬壶殿里，笙歌不断，谈笑风生，一派繁华富庶的升平气象。现如今，胡虏的铁骑早就布满了京郊，将东京围了个水泄不通，战乱频仍，尘沙弥漫，形势变得愈来愈险恶，愈来愈让人满怀悲愤。

士兵们都在哪里？他们血染沙场，鲜血滋润了卷起的兵刃，个个都是百里挑一的好儿郎。百姓们又在哪里？他们在战乱中丧生，尸首填满了溪谷。叹江山依旧如故，却是田园荒芜，万户萧瑟，百姓们流离失所，所有的村落都变得了无生机。什么时候才能请缨争取到杀敌报国的机会，让我率领精锐部队出兵北伐，挥鞭渡过长江，扫清横行京畿一带的胡虏，光复失去的中原故土？待他日收复失地归来，我一定要故地重游，再登黄鹤楼，以续今日登临之兴。

宋高宗绍兴四年（1134 年），岳飞出兵收复襄阳六州，驻节鄂州（今湖北省武汉市武昌区）。高宗绍兴七年（1137 年），伪齐皇帝刘豫被金国所废后，岳飞曾向朝廷提出请求增兵，以便伺机收复中原，但他的请求未被采纳。次年春，岳飞奉命从江州（今江西省九江市）率领部队回鄂州驻屯，并在登临黄鹤楼北望中原之际，深有感触地写下了这阕感怀词。

岳飞（1103 年—1142 年），字鹏举，相州汤阴（今河南省安阳市汤阴县）人。南宋时期抗金名将，杰出的军事家、战略家、书法家、诗人，位列南宋“中兴四将”之首。岳飞的文才同样卓越，其代表词作《满江红·怒发冲冠》，是千古传诵的爱国名篇，后人辑有文集传世。

六州歌头·长淮望断

张孝祥

长淮望断，关塞莽然平。征尘暗，霜风劲，悄边声。黯销凝。追想当年事，殆天数，非人力，洙泗上，弦歌地，亦膻（shān）腥。隔水毡乡，落日牛羊下，区脱纵横。看名王宵猎，骑火一川明。笳鼓悲鸣。遣人惊。

念腰间箭，匣中剑，空埃蠹（dù），竟何成。时易失，心徒壮，岁将零。渺神京。干羽方怀远，静烽燧（suì），且休兵。冠盖使，纷驰骛，若为情。闻道中原遗老，常南望、翠葆（bǎo）霓旌。使行人到此，忠愤气填膺。有泪如倾。

Song of the Six States

Zhang Xiaoxiang

I strain my eye
As far as River Huai.
Wild grass grows high
On borders far and nigh.
Dust darkens the frontier,
Frosty wind strong and clear,
No sound assails the ear,
I feel so sad and drear.
I think of the mortified state.
Perhaps it was fate
Beyond our power.
By riverside
Where music was played well
There hangs the foe's stinking smell.
Felt tents spread on the other side.
At sunset sheep and cattle lost
Between one and another enemy post.
See the foe hunt at night:
With torches e'en the stream is bright.
Hearing their drum and horn,
Can our heart not be torn?

The arrows at my waist
And my sword well encased
Are dusted over or worn out.
What have I done about?
Time will be lost amain;
My heart is strong in vain.
The year is drawing near its last day,
The capital still far away.
With flags and shields the foe's appeased;
Beacon fire ceased.
Our army beat
A safe retreat.
Envoys are sent
By the government.
They come and go
In weal or woe?
It's said the refugees in the lost Central Plain
Oft southward look for the northern campaign.
It they come here,
Indignant, they would shed tear on tear.

望断淮河，南岸一线的防御已无任何屏障可守，千里关塞，唯余长满野草的莽莽平原。北伐的征尘已然暗淡，寒冷的秋风猛烈地肆虐着大地，边塞上一片凄凉荒芜的景象。

我凝神伫望，心情黯淡。追想当年，中原沦陷，徽宗、钦宗被掳至北地，恐怕也都是天意使然，并非人力可以扭转。洙水和泗水经流的山东，是孔子当年讲学的地方，如今也被金人占领，这弦歌交奏的礼乐之邦，到处都充满了胡人的腥膻味。

隔河而望，昔日的耕稼之地，眼下都变成了帐幕遍野的金人聚居点，那些守卫在前线的金兵在沿河一带布置了很多前哨据点，每到日落黄昏时分，就可以看到他们吆喝着成群的牛羊返回圈栏的身影。

金兵将领时常在夜间出猎，随从的骑兵们个个手持火把，把整片平川都照亮了，那胡笳鼓角发出的凄厉声响，更是令人胆战心寒。想来，金人南下攻宋之心还是没有彻底死透，大宋的国势仍是岌岌可危。

想我腰间弓箭、匣中宝剑，空自遭了蠹虫的啃咬与尘埃的侵蚀，满怀壮志竟至毫无用武之地，怎不惹人惆怅莫名。北伐的大好时机就这么轻易地错过了，可叹我壮心依旧，却是徒然，蓦然回首，年华老去，时日已无多，偏又在碌碌无为中等闲虚度了。

光复汴京的希望越来越渺茫，因为朝廷正在推行礼乐以怀柔靖远，边境烽烟消歇，敌我双方暂且处于休兵的状态。大宋的帝王将相们也彻底放弃了恢复中原的想法，一味安于现状，只把杭州作汴州，照例夜夜笙歌，倚红偎翠，快活得忘乎所以。

自打绍兴议和后，那些冠服乘车的使者，终日奔走往来于两国之间，忙着向金国交付岁币和各种贡品，实在让人羞愧得难为情。听说，留在中原的父老乡亲们，时常翘首望向南方，盼望着王师早日北伐，光复失地，盼望着饰有鸟羽和彩旗的皇帝车驾早日归来，让他们得以重沐天恩。假若有行人路过此地，见到此情此景，又有几个不会激起满腔悲愤？只要是有血性的大宋子民，谁又不会怒气填膺、泪如雨下呢？

这阕词作于宋孝宗隆兴二年（1164年）。隆兴元年（1163年），张浚领导的北伐军在符离（今安徽省宿州市）溃败，主和派因而得势，并将淮河前线边防撤尽，同时向金国遣使乞和。无奈之下，张浚只好招揽抗金义士集于建康，并拟上书宋孝宗，反对议和。当时张孝祥正在建康留守任上，既痛边备空虚，敌势猖獗，更恨南宋王朝媚敌求和的可耻行径。于是，在一次宴会上，他便即席挥毫，写下了这篇传颂千古的名作。

张孝祥（1132年—1170年），字安国，号于湖居士，乐阳乌江（今安徽省和县东北）人。南宋词人。是唐代诗人张籍的后代。

宋高宗绍兴二十四年（1154年），廷试第一，状元及第，因替岳飞申冤，为秦桧所忌，而与父亲张祁同时下狱。宋孝宗时，任中书舍人直学士院，因赞同张浚北伐，事败后被革职。又为荆南湖北路安抚使，颇有政绩，终以显谟阁直学士致仕，去世时年仅三十八岁。

张孝祥才思敏捷，善诗文，尤工词，风格宏伟豪放，气象万千，为“豪放派”代表词家之一。“尝慕东坡，每作为诗文，必问门人曰：比东坡如何？”有《于湖居士文集》四十卷、《于湖词》一卷传世。

西河·天下事

王埜

天下事，问天怎忍如此！陵图谁把献君王，结愁未已。少豪气概总成尘，空余白骨黄苇。

千古恨，吾老矣。东游曾吊淮水。绣春台上一回登，一回揾泪。醉归抚剑倚西风，江涛犹壮人意。

只今袖手野色里，望长淮、犹二千里。纵有英心谁寄！近新来又报胡尘起。绝域张骞归来未？

The West River

Wang Ye

How could Heaven tolerate
The affairs of the state?
Who would offer a plan of campaign to the Crown?
My grief has weighed me down.
My spirit of youth has turned to dust, alas!
In vain are white bones buried under withered grass.

Could I be bold
To revenge for the shame, now I am old?
I've visited in the east the River Huai
And mounted the vernal Terrace high,
But I could not refrain from shedding tears.
Come back when drank, I stroke my sword in western breeze.
The surging waves still stimulate my mind ill at ease.

But I can only fold my arms in the twilight,
Watching the long River Huai still extend
For miles and miles without an end.
But who would bring heroism to its height?
Of late, the Tartar dust is raised on the border.
When would our hero come back to restore order?

天下纷乱，国事日渐式微，百姓流离失所，试问苍天，怎么就忍心让世间变成这副不堪的模样呢？是谁把位于中原的皇陵舆图献给君主，以期能有力挽狂澜的志士贤才出现，一举收复北方故土的？蒙古大军正不断南犯，时时威胁着大宋的安全，而当权者却苟且偷安，依旧沉溺于声色犬马之中，排斥抗战派，不思振作，怎不让人抱恨结愁，不能自已？更令人痛心的是，有抱负的志士仁人往往都因为报国无门，赍志而没，即便曾经年少有为、豪气干云，那些慷慨激昂的斗志，到最后也会化为一缕尘埃，只在荒草野冢间，留下一堆白骨和黄色的芦苇。

满怀着这千古之恨，却因为年华老去，而不得不说一句有心无力。当年在建康巡视江防前线时，我曾经凭吊过秦淮河，每登临一次绣春台，就会忍不住地擦拭一次眼泪。六朝兴亡更替的历史教训，让我不敢存有任何侥幸心理，只能日日以酒浇愁，每次醉后归来之际，都会借着西风抚视随身佩戴的宝剑，就连那滔滔不绝的江涛，似乎也在鼓舞着我的意志。

而今的我，无权无势，只能徜徉在荒郊野地里袖手旁观，却无法为国分忧。极目远眺，怅望狼烟四起的淮河前线，距离此地尚有两千里之遥，纵使我怀有满腹的英雄壮志，又能向谁倾诉呢？最近又听说胡人已经挑起了新一轮的战争，局势日趋凶险，大宋政权危在旦夕，只是，那联合各方力量抗击匈奴的西汉大将张骞，他真的已经归来了吗？

宋理宗宝祐三年（1255 年），王埜被御史胡大昌弹劾，罢给事中，以端明殿学士提举洞霄宫。这阕词大约是他晚年罢官赋闲后所作，自始至终都激荡着爱国志士满腔悲愤无处可诉的无奈心情。

王埜（生卒年不详），字子文，号潜斋，金华（今浙江省金华市）人。嘉定十三年（1220 年）进士，历任礼部尚书、江西转运副使、知隆兴府、知镇江府等职。

淳祐末年，迁沿江制置使、江东安抚使兼行宫留守，其时曾增创水舰，创游击军，对巩固江防颇有建树。宝祐二年（1254 年），拜端明殿学士、签书枢密院事，封吴郡侯。后因与宰相政见不合，言者攻之，罢任，提举洞霄官。有文集，已佚，今仅存词三首。

西河·和王潜斋韵

曹豳

今日事，何人弄得如此。漫漫白骨蔽川原，恨何日已。关河万里寂无烟，月明空照芦苇。

漫哀痛，无及矣。无情莫问江水。西风落日惨新亭，几人堕泪。战和何者是良筹，扶危但看天意。

只今寂寞薮（sǒu）泽里，岂无人、高卧闾里。试问安危谁寄？定相将有诏催公起。须信前书言犹未。

The West River
In Reply to Wang Ye
Cao Bin

Today's affairs, my friend,
How can they come to such a state?
So many bleached bones are buried in the plain.
When can our grief come to an end?
For miles and miles no smoke rises from towns desolate.
The moon shines on the reeds in vain.

Our grief so deep cannot be drowned anew
In running water of the heartless stream.
The western breeze at sunset saddens the pavilion new.
Flow many would shed tears even in dream?
Should we seek peace or war?
We could confide the state only to the fate.

Could there be no heroes in the land far and wide?
They lie in bed, lonely in countryside.
On whom can we rely any more?
I wish you would rise as general
To lead the army to defend the capital.
Don't you believe what I have said before?

今日天下之事，是因为何人才弄得如此狼狈如此不堪？苍茫大地，路上到处都是百姓们暴露于野的白骨，怎不让人悲愤难平？万里关河，寂静到看不到一丝炊烟，原本挂在城市和村庄上空的明月，而今却只能照着丛生的芦苇，一眼望过去，除了萧条，便是荒芜。

不必空自悲伤，因为悲伤也无济于事。江水无情，依旧日复一日地向东流去，拿那些烦心事去问它又有什么用？日落黄昏，西风又紧，因何效仿新亭对泣？眼下，最重要的事，就是寻求克复神州的大计，力挽狂澜，匡正天下，又何必心痛垂泪？主战和主和，究竟哪一个才是安邦定国的良策？只怕扶危济困的大任终究还是要看天意。

而今，有才能的人都被埋没于草野之间，高卧闾里的你，正是可以解民于倒悬的那位英雄。试问，光复中土的大任将会由谁来担任？除了你还能有谁？想必，不久的将来，朝廷催你复起的诏书就要被送到你的手中，而我也坚信你一定会东山再起，能够像张骞一样扶危安邦，收复中原。

这阕词是对王埜《西河》的和作。曹豳与王埜同为浙江人，同在宋宁宗朝先后中进士第，在政治上，两人有着共同的爱国进步主张，是志同道合的斗士，在文学领域也堪称知音。

将曹豳和词与王埜原词两相比照，可以发现，他们的作品不仅在格调上相互契合，在旨意上也同气相求。曹词的整个基调比王词显得更加高亢、激越、明快，在词的格律上与王词既环环相扣，又自然流丽，在词的情致上与王词既息息相应，又新意迭出。

曹豳（1170 年—1249 年），字西士，号东亩，一作东猷，温州瑞安（今浙江省瑞安市）人。嘉熙初，召为左司谏，与王万、郭磊卿、徐清叟俱负直声，时号“嘉熙四谏”。

嘉熙三年（1239 年），知福州，以礼部侍郎召，因为台臣所沮，遂守宝章阁待制致仕。淳祐九年卒，年八十，谥文恭。《全宋词》辑其词二首。

贺新郎·送陈真州子华

刘克庄

北望神州路。试平章、这场公事，怎生分付？记得太行山百万，曾入宗爷驾驭。今把作、握蛇骑虎。君去京东豪杰喜，想投戈、下拜真吾父。谈笑里，定齐鲁。

两淮萧瑟惟狐兔。问当年、祖生去后，有人来否？多少新亭挥泪客，谁梦中原块土？算事业、须由人做。应笑书生心胆怯，向车中、闭置如新妇。空目送，塞鸿去。

Congratulations to the Bridegroom Seeing Chen Zihua Off to Zhenzhou

Liu Kezhuang

Gazing on the lost Northern plain
I do not know who plans the campaign
To recover the lost land.
I remember a million warriors under Zong's command
In the mountain or by the lake;
Now they are treated as tiger or snake.
When you arrive, the warriors will feel delight.
They would lay down their spears and serve you left and right.
You would recover in laughter
The eastern provinces after.

Fox and hares run riot
By the two riversides dreary and quiet.
Since the Northern hero passed away,
Has any hero come today?
How many in the New Pavilion have shed tears?
Have they dreamed of recovering the land?
There are no deeds but done by human hand.
But scholars timid at heart would hide
In their carriage like a bride.
In vain I see you off like wild geese to the frontiers.

北望通往中原故土的道路，我还是忍不住要与你一起议论探讨，这等光复失地的大事，究竟该怎么进行下去。还记得，徽、钦二宗被金人掳至北方后，盘踞在太行山的百万义军，曾接受东京留守宗泽的招抚，共同起兵抗金，赢得了很多胜利，宗泽也因此声威大震。可恨而今的朝廷，总是把义军当成手上握着的毒蛇、跨下骑着的老虎，甩掉又不是，用又不敢用，白白地贻误了很多战机。这一次，你到京东路任职，倘若能够效仿宗泽的做法，义军领袖们一定会特别高兴，料想他们也一定会放下武器拜你为父，谈笑风生间，就算一夕平定齐鲁、收复失地，也断然不在话下。

河北东西两路，自沦为金人的统治区后，昔日的繁华富庶，早已被现今的荒芜与萧瑟一一取代，放眼望去，但见四处乱跑的狐狸与野兔。试问当年，自祖逖离开中原后，还曾有过像他一样的志士来过这里吗？那些在新亭洒泪的士大夫，谁又曾真正想过要光复故土？算起来，这恢复大业，还必须由像你我这样爱国的人来做才行。应该大声耻笑那些高居朝堂的书生，心里充满了胆怯，就像坐在车里，把自己完全与外界隔绝了的新媳妇一样，只知道呆呆地目送边塞的大雁飞去来兮。

词人送朋友陈子华去真州（今江苏省仪征市）赴任，话别之际讲的却是抗敌之策，而非惜别之言。当时的统治阶级安于现状，无意恢复中原，但词人却勉励自己和友人以国家大计为己任，一句“算事业、须由人做”，显示出了词人抗金复国的高度责任感和决心，同时也是对朋友临别时的最好赠语。

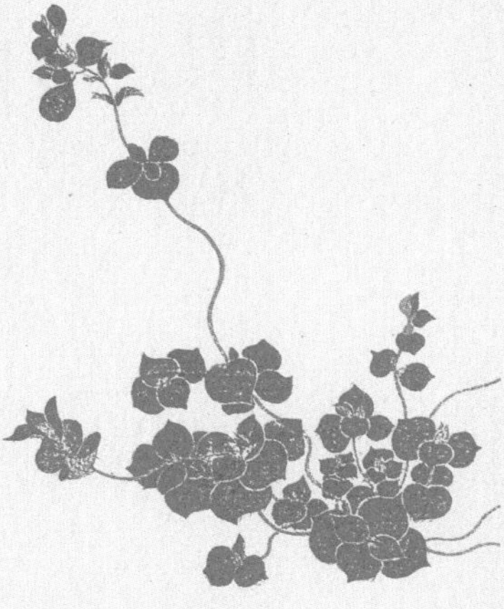

贺新郎·国脉微如缕

刘克庄

实之三和有忧边之语，走笔答之。

国脉微如缕。问长缨何时入手，缚将戎主？未必人间无好汉，谁与宽些尺度？试看取当年韩五。岂有谷城公付授，也不干曾遇骊山母。谈笑起，两河路。

少时棋柝曾联句。叹而今登楼揽镜，事机频误。闻说北风吹面急，边上冲梯屡舞。君莫道投鞭虚语，自古一贤能制难，有金汤便可无张许？快投笔，莫题柱。

Congratulations to the Bridegroom
Reply to Wang Shizhi on his worries of the frontiers

Liu Kezhuang

The state at stake,
When can we take
The long, long rope in hand
To bind the foe invading our land?
Is there on earth no talents strong?
The measure should be long.
General Han did not learn from a sage,
Nor know the secret of the Golden Age.
Laughing he rose
And beat the foes.

While young, we rhymed each other's verse,
And opened new horizon for better or worse.
But now we sigh,
Looking into the mirror in tower high
To find our hair sprinkled with frost
And many chances lost.
'Tis said the northern wind would bite the face,
The foe would dance with ladder high on the frontier.
Don't say the river can't be crossed by our cavalier.
Since olden days a hero could turn the tide.
The stronghold can't be strong without the general's guide.
Give up the pen and take the spear!
Don't leave only on the pillar your trace!

王实之第三次作词唱和，有忧虑边境被敌人侵犯的话，于是便写下了这阕词以答复他。

国家的命脉，已细微脆弱得仿佛丝缕般不堪一击。请问，长绳何时才能到我手里，让我把敌人的首领捆绑起来？

世间并不是没有英雄好汉，遗憾的是朝廷还没有放宽用人的标准。试看当年的韩世忠大将军，他并没有经过谷城公那样的名师传授指点，也不曾遇到过像骊山圣母那样的神仙向他传授法术，可他不照样能在谈笑之间指挥千军万马，在河北东西两路大败金兵主力？

我年轻的时候，也曾在军营中一边下棋一边联句作诗。可惜，而今年华老去，登楼眺望中原故土，揽镜自照，已是力不从心，多次误了从军报国的机会。

听说蒙古军不断南侵，形势危急，边境上敌军围攻城池的冲车云梯，在不断地飞舞。你不要再说投鞭就能渡过长江的空谈而不以身抗敌，自古以来，只要肯任用一个贤能的人，就一定能够解除国家的危难。

如果没有张巡、许远这样忠心耿耿的英勇将领，即使有固若金汤的城池，又能有什么用处？有志儿郎，赶紧效仿汉代的班超，去投笔从戎吧，不要再无病呻吟，想着用文辞来博得高官厚禄了。

宋理宗淳祐三年（1243年），蒙古军攻打四川，破大安军。淳祐四年（1244年）五月，蒙古军又围攻寿春府（今安徽省寿县），由吴文德率水陆军增援解围。词人不断听到边境告警的消息，感到国势危殆，他希望当权者广招人才和各路英雄豪杰，共赴国难挽救危亡，于是便写下了这阕《贺新郎·国脉微如缕》。

念奴娇·我来牛渚

吴渊

我来牛渚，聊登眺、客里襟怀如豁。谁著危亭当此处，占断古今愁绝。江势鲸奔，山形虎踞，天险非人设。向来舟舰，曾扫百万胡羯jié。

追念照水然犀，男儿当似此，英雄豪杰。岁月匆匆留不住，鬓已星星堪镊。云暗江天，烟昏淮地，是断魂时节。栏干捶碎，酒狂忠愤俱发。

Charm of a Maiden Singer

Wu Yuan

I come to Cattle Hill to gaze my fill.
I open heart and breast as a wandering guest.
Who has built the pavilion high
To make all old and new visitors sigh?
The torrent like a whale rashes along;
The mountain stands like tiger strong.
The natural barrier is beyond human power:
In bygone days our warships beat
A million foes and hostile fleet.

I remember the rhino horn burned by the riverside
Discovered monsters far and wide.
A man should do feats east or west.
In haste the years will pass away,
My hair is sprinkled with dots of grey.
The clouds overshadow the sky,
The smoke darkens the land far and nigh.
Such is the heart-broken hour.
Drunk, I beat the broken rail,
And pour out my loyal wrath, but to what avail?

我来到牛渚山，登上高高的山头，极目远眺，旅途中的劳顿和寂寞，一下子就被扫除殆尽，顿觉胸怀开阔、心情舒畅。

燃犀亭高高地耸立在山巅，却不知道是谁把它安放在了这最奇险的地方。古往今来，它独自占有这高峻的地势，看到它的人无不感到极度的愁苦。

放眼望去，采石矶畔的江水如同巨鲸般奔腾翻滚，岸边的山势雄伟，恰似猛虎盘踞。如此险要的地势，并非人力开凿，而是自然形成，实为阻击敌人的一道天然屏障，当年正是在这里，我军战舰将来犯的金兵彻底击溃，大获全胜。

记得，东晋名将温峤平定了苏峻叛乱，屡立战功，在路经采石矶时曾经燃犀照水，洞察奸邪。当下的好男儿，就应当像温峤那样，才能算得上是真正的英雄豪杰。

时光荏苒，岁月匆匆流逝，转眼间我已是鬓发斑白，怎么拔也拔不尽，又能做得了些什么？今日里，倚栏凝望，但见江上一片云笼雾锁，淮水流域更是天昏地暗，算来正是最令人哀伤至极的时候。我只好借酒浇愁，却不意，醉酒之后竟把栏杆给捶碎了，不过这满腔的忠愤，于此亦得以尽情宣泄。

词人登临古战场牛渚山，见山川形势险要，想到当年采石矶大战的胜利对人们的鼓舞，心情舒畅。但转念自己年华已老，朝中又缺少像温峤那样可以扭转忧患时局的英才，致使前方形势依然险恶，不禁悲愤交集，遂写下了这阕词。

吴渊（1190 年—1257 年），字道父，号退庵，宣州宁国（今安徽省宁国市）人。嘉定七年（1214 年）中进士，调建德主簿。累官兵部尚书、端明殿学士、江东安抚使、资政殿大学士，封金陵公，后又徙知福州、福建安抚使。因力战有功，拜参知政事，未几，卒。著有《退庵集》《退庵词》《庄敏奏议》《易解》，《词综》收其词多首。

沁园春·题潮阳张许二公庙

文天祥

为子死孝，为臣死忠，死又何妨。自光岳气分，士无全节；君臣义缺，谁负刚肠。骂贼张巡，爱君许远，留取声名万古香。后来者，无二公之操，百炼之钢。

人生翕(xī)欻(xū)云亡。好烈烈轰轰做一场。使当时卖国，甘心降虏，受人唾骂，安得流芳。古庙幽沉，仪容俨雅，枯木寒鸦几夕阳。邮亭下，有奸雄过此，仔细思量。

Spring in a Pleasure Garden
Written in the Temple of Zhang Xun and Xu Yuan
Wen Tianxiang

If sons should die for filial piety
And ministers for loyalty,
What matters for us to be dead?
Our sacred land is torn in shreds,
No patriot could feel at ease,
Have loyal subjects done what they ought to?
How could my righteous wrath appease?
Zhang Xun, whom the rebels could not subdue,
And Xu Yuan were loyal to the crown;
They've left an undying renown,
Those who come after them should feel
The lack of their loyal zeal,
And they should be hardened into steel.

Life will soon pass away like a flickering flame;
A man should work, shine or rain,
With all his might and main.
If Zhang and Xu had fallen to the foe,
They would have borne the blame,
And down in history their names could never go.
Their temple gloomy at the forest's side,
Their statues, awe-inspiring, dignified,
How many times have they been worshipped when crows fly
Over old trees and the setting sun kindles the sky!
Should a traitor pass by,
Let him open his eye!

做儿子的可以死节于孝，做臣子的可以死节于忠，那么死亡又有什么可怕的呢？自打安史乱起，天崩地陷，正气荡尽，将士们全无节操，不顾君臣大义，没有一丝刚烈之心，纷纷弃城投降，做了令人不齿的叛徒。

唯有大骂逆贼直至双目出血的张巡，和为君死节的许远，自始至终，威武不屈，终得流芳千古，令人敬仰。后来的人已经没有了他们那样的操守，那种如百炼精钢似的赤诚，长此以往，国将不国，家将不家，这个国家还能有什么希望呢？

人生短促，转瞬即逝，大丈夫更应当轰轰烈烈地，干出一番于国于民都有益的事业，才不枉到这世间走上一遭。假如张巡和许远二公也甘心投降卖国，则必受世人唾骂，以致遗臭万年，又怎么能够流芳百世呢？

供奉二公的古庙，由于年久失修，早已成了乌鸦栖身的场所，枯木危朽，光线幽暗深沉，但二公的塑像却依旧庄严典雅，不改旧日的面貌。现如今，邮亭下倘若有祸国殃民的奸雄经过，面对死节的先烈，则当仔细思量，反躬自省，努力做一个于国于民都有益的人。

宋端宗景炎三年（1278年）十一月，文天祥以少保右丞相、信国公兼枢密使驻兵潮阳（今广东省汕头市潮阳区）。潮阳有张、许双庙，是纪念唐代死节的张巡和许远二位爱国将领的。

唐安史之乱时，张巡、许远在睢阳（今河南省商丘市）死拒叛兵，使江淮得一屏障，支援平叛战争；被俘后宁死不屈，英勇就义。唐韩愈曾撰《张中丞传后叙》，表彰张、许二人功烈。

韩愈贬潮州刺史，颇有政绩，潮阳人为纪念他，建书院、庙祀，皆以韩名，又以韩愈引张、许为知己，并为张、许建立双庙。文天祥很敬仰张、许二人，特意去潮阳东郊之东山山麓拜谒张许双庙，并赋此词抒发其为国献身的雄心壮志。

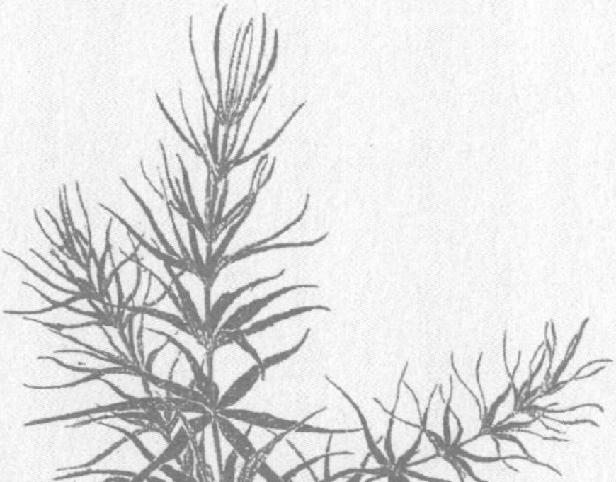

迷神引·贬玉溪对江山作

晁补之

黯黯青山红日暮，浩浩大江东注。余霞散绮，向烟波路。使人愁，长安远，在何处。几点渔灯小，迷近坞。一片客帆低，傍前浦。

暗想平生，自悔儒冠误。觉阮途穷，归心阻。断魂素月，一千里、伤平楚。怪竹枝歌，声声怨，为谁苦。猿鸟一时啼，惊岛屿。烛暗不成眠，听津鼓。

Song of Enchantment Written in Banishment

Chao Buzhi

Dim, dim the mountains blue, red, red the setting sun;
The boundless, endless river waves eastward run.
The rainbow clouds like brocade spread
Seem to flow on the misty waves going ahead
It grieves me
To leave the capital
I cannot see.
A few dots of fishing lanterns small
Flicker in the docks near the town,
By riverside sails lowered down.

Thinking of bygone days,
I regret to have lost my ways.
If I can't farther roam,
Why not go home?
Hear-broken to see the moon wane,
I'm grieved to view the far-flung plain
Stretched for a thousand li.
The bamboo branch song grieves me.
For whom should it complain?
Monkeys and crows cry on the river,
Even the islets shiver.
In dimming candlelight I can't fall asleep
But hears the ferry drums announce that night is deep.

青山渐暗，红日西沉，奔腾不息的长江，浩浩荡荡地向东流去。空中残余的霞光，仿若织有花纹的罗绮，正朝着烟波浩渺的方向慢慢散去。令人生愁的是，京城越来越远，不知道它究竟藏身在何处，更不知道何日才能归来，这满腹的惆怅怎么也挥之不去。放眼望去，有星星点点的渔火在前方闪烁不定，更让人迷离恍惚，察觉不出船坞是远是近，但见一叶低垂着风帆的舟船，正停泊在前面的江浦。

默默回想这一生的经历，恨只恨，人生的快乐都被那虚浮的功名所误。我就像阮籍一样，已经走到了穷途末路，就连这颗想要归隐田园的心也生生受到了阻碍。抬头望，素月皎皎，千里烟树苍茫，故乡却在那遥不可及的地方，怎不让人断肠销魂？怪只怪，那如泣如诉的竹枝歌，声声悲怨，竟不知究竟是为了谁而痛苦。凄厉的猿啼，悲哀的鸟鸣，仿佛惊动了整个岛屿，昏暗的烛光在漆黑的船舱里摇曳不定，更让人久久难以入眠，只能于静默中悄然卧听，那自津渡边远远传来的声声更鼓。

自宋哲宗绍圣四年（1097 年）起，晁补之被贬到南方监酒税。此后，远离帝京的他，词作中多表现出强烈的恋阙心理。这阕词则是在元符二年（1099 年），晁补之贬信州监酒税时所作。

晁补之（1053 年—1110 年），北宋时期著名文学家。字无咎，号归来子，济州巨野（今山东省菏泽市巨野县）人。与黄庭坚、秦观、张耒同为"苏门四学士"之一。

水调歌头·追和

张元幹

举手钓鳌(áo)客，削迹种瓜侯。重来吴会，三伏行见五湖秋。耳畔风波摇荡，身外功名飘忽，何路射旄(máo)头？孤负男儿志，怅望故园愁。

梦中原，挥老泪，遍南州。元龙湖海豪气，百尺卧高楼。短发霜黏两鬓，清夜盆倾一雨，喜听瓦鸣沟。犹有壮心在，付与百川流。

Prelude to Water Melody
Compose An old Poetry

Zhang Yuangan

Fishing the giant turtle with my hand,
I plant melons when retired in my land,
Coming to the Lake Tai,
I find clear autumn in summer high.
The breeze blows waves up in my ear:
Beyond my reach wafts my career.
When can I shoot my arrows at the foe?
My high ambition unfulfilled,
How could I long for my native field?

Dreaming of the lost Central Plain,
I shed tears over the south in vain.
What is the use of spirits high?
I can only in the hundred-foot tower lie.
My forehead grown with hair frost-white,
I listen to pouring rain at night.
Glad to hear the torrent of war cry,
My flaming heart would glow
Just as a hundred rivers flow.

想当年，我也和李白一样，怀着钓鳌的远大抱负，豪气干云，意气风发；现如今，却和召平一样，偏生成了隐居种瓜的园丁。

再次来到吴县故地重游，已是三伏交秋时节，极目远眺，烟波浩渺的太湖风光尽收眼底。耳畔总是摇荡着风吹波动的声音，可叹我老大年纪，却还是功名未立，请缨无路，更不知道何时才能够让我张开神弓，射杀那趾高气扬的金兵。想来这一生，终还是辜负了大丈夫的雄心壮志，到如今，也只能带着满腹的惆怅，无奈地望着故园生愁发怔。

时常梦见受到金兵铁骑蹂躏的中原，除了任由这纵横的老泪挥洒遍江南大地，我还能做些什么？我有陈登志在天下的豪气，卧于百尺高楼之上也不在话下，不似那求田问舍的许汜。只可惜，稀疏的银丝早已像秋霜一样粘在了两鬓间，乍然回首，我真的已经老到力不从心了。

下了一夜的滂沱大雨，在屋顶的瓦沟上发出戈鸣马嘶般的脆响，听得我心里好生欢喜。可喜的是，老归老矣，这颗不变的雄心依然还在，正随同眼前的雨水汇入百川，流归大海，怎一个心潮澎湃了得！

这阕词是张元幹辞官南归大约二十年后的某一夏日，重游吴地时所作。集中《登垂虹亭》诗有云“一别三吴地，重来二十年”，可证。此词先写作者本人的心境，展示了一个浪迹江湖的奇士形象，再写远望故国时百感交集的心情，表达了作者心中的愤懑不平，以及壮志难酬而壮心犹在的复杂感情。

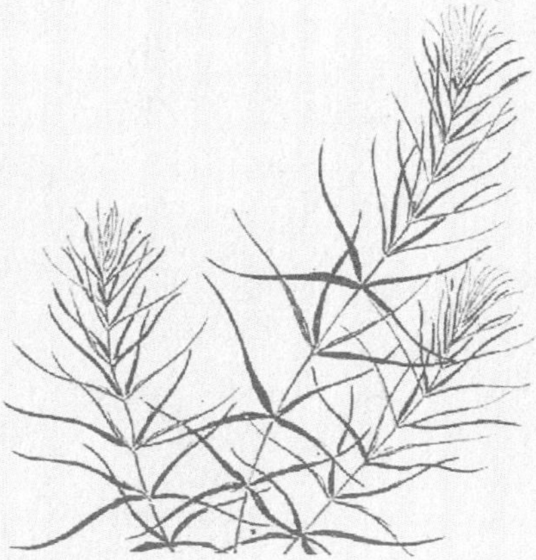

水调歌头·多景楼

陆游

江左占形胜，最数古徐州。连山如画，佳处缥缈著危楼。鼓角临风悲壮，
烽火连空明灭，往事忆孙刘。千里曜yào戈甲，万灶宿貔貅xiū。
露沾草，风落木，岁方秋。使君宏放，谈笑洗尽古今愁。不见襄阳登览，
磨灭游人无数，遗恨黯难收。叔子独千载，名与汉江流。

Prelude to Water Melody
The Multi-viewed Tower

Lu You

Of scenic spots on eastern riverside,
None's better than Xu State so far and wide.
Hill on hill like a scroll,
A frowning tower overlooks where the waves roll.
Drums beat and horns blow long in the breeze sad and strong.
The beacon fire now dim now bright kindles the sky.
How can I not remember generals of fame high?
For miles and miles they wielded spears;
In open air slept brave compeers.

Grass wet with dew,
Leaves fall in breeze
Of autumn hue.
Your spirits high
In laughter wash away all sorrow old and new.
I see not heroes of the days gone by.
What can today's visitors do?
It is a lasting regret hard to appease.
But you alone can leave a thousand years' name;
As long as rivers flow will last your fame.

江东一带据有险要形势的地方，第一便要数仿佛屏障般雄伟的南徐州镇江。山峰相连，就像一幅曼妙的画卷，在那云雾缭绕、景色最佳的地方，高高耸立着的，则是著名的多景楼。

战事又起，擂动的战鼓和吹响的号角声，在呜咽的西风中，显得格外悲壮。烽火连天，忽明忽暗，不由得又让我想起孙权、刘备在此地共商破曹大计的悠悠往事。当年的孙刘联军，阵容强大，气势磅礴，银戈金甲绵延千里，闪耀着逼人的光芒，勇猛的战士在野外宿营的地方，垒起了数以万计的灶台，到处都是喧腾的烟雾。

露珠在草地上滚来滚去，西风吹落树上的黄叶，乍然回首，已是深秋时节。使君啊，你的气魄通达豪放，谈笑之间，那些横亘于胸中的古今愁绪，都被你一扫而光，实在不是我辈可以比拟的。

君不见，镇守襄阳十余年的西晋大将羊祜，也曾登临岘山，东望吴地，但志在灭吴的他，最终还是没能在生前完成克敌大业，只黯然神伤，留下无尽的遗憾。使君啊使君，羊祜生前一直都在为攻打吴国做着各种准备，所以他的英名才能如同那浩浩汉江千古流长，希望你也能像羊祜一样，为渡江北伐做好部署，建万世之奇勋，垂令名于千载。

宋孝宗隆兴元年（1163 年），三十九岁的陆游，以枢密院编修官兼编类圣政所检讨官，出任镇江府通判，次年二月到任所。当时金兵方踞淮北，镇江为江防前线，而他笔下出现的多景楼则在镇江北固山上的甘露寺内。

宋孝宗隆兴二年（1162 年）十月初，陆游在陪同知镇江府事方滋登楼游宴之际，联想到三国时期的孙权、刘备，乃至登临襄阳楼的西晋大将羊祜，遂写下了这阕怀古词，旗帜鲜明地表达了他在宋金对峙局势中所持的政治态度，以及对方滋的期待，并彰显出了词人强烈的爱国热忱。

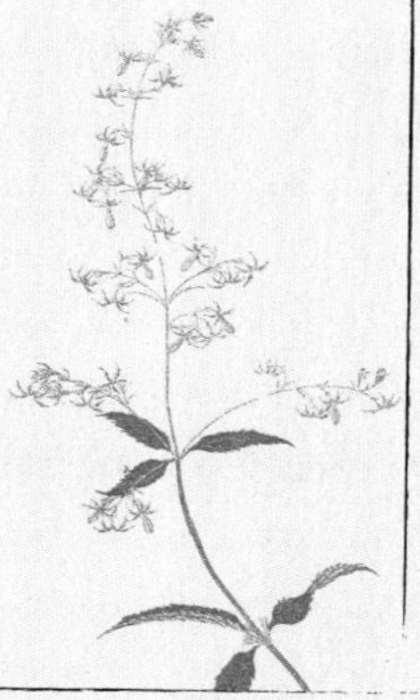

谢池春·壮岁从戎

陆游

壮岁从戎，曾是气吞残虏。阵云高、
狼烟夜举。朱颜青鬓，拥雕戈西戍。
笑儒冠、自来多误。
功名梦断，却泛扁舟吴楚。漫悲歌、
伤怀吊古。烟波无际，望秦关何处。
叹流年、又成虚度。

Spring on the Pool

Lu You

Adult, I served in the army long ago,
The breath I exhaled would swallow the beaten foe.
War clouds rose higher,
At night burned beacon fire.
With reddened face, black hair and sharpened spear,
We marched to the west frontier.
But my scholar's habit has hindered my career.

Awake from my wild dream,
I float my leaflike boat on Southern stream.
Singing the plaintive lays,
I think of heroes of bygone days.
On boundless misty waves, alas!
Where can I find the ancient Pass?
In vain I've passed another year.

壮年从军，也曾气吞山河，恨不能扫平所有的虏军。浓重的云层高高地挂在天边，定睛望去，原来是远处的烽火被点燃了。面色红润、鬓发乌黑的我，跨上骏马，一身戎装，手持剑戈，戍守在西关，好不威武。却笑古往今来，迂腐如我一样的儒生，大多都被那建功立业、报效朝廷的壮志所耽误，蹉跎半生，到头来依然还是一事无成。

上阵杀敌、建立不朽之功的梦想已然破灭，而今的我，只能在故乡的吴楚大地上泛一叶扁舟，漫自悲歌，伤心地凭吊古人。放眼望去，烟波浩渺无际，边关到底在何处？我也想脚踏实地去干一番轰轰烈烈的事业，只可惜，这大好的岁月，又生生地被虚度了。

南宋乾道八年（1172年）二月，陆游出任四川宣抚使王炎幕下的干办公事兼检法官。宣抚司治所在南郑，是当时西北前线的军事要地，陆游也得以走上前线，参加了一系列军事活动，而这与他报效祖国、收复失地的愿望不谋而合。不到一年的南郑生活，成了陆游一生中最为怀念的时光，这阕词便是词人为追怀这段经历而作。

蝶恋花·桐叶晨飘蛩夜语

陆游

桐叶晨飘蛩夜语。旅思秋光，黯黯长安路。忽记横戈盘马处。散关清渭应如故。
江海轻舟今已具。一卷兵书，叹息无人付。早信此生终不遇。当年悔草长杨赋。

Butterflies in Love with Flowers

Lu You

The plane's leaves fall at dawn and crickets chirp at night
In dreary autumn light.
Leaving for capital, I make my gloomy way,
Remembering the day
When I rode on my horse and wielded my spear.
The Western Pass should stand still and the stream as clear.

I would float on the sea as I wished before.
To whom can I confide my book on the art of war?
If I had known I'd meet in life no connoisseur,
Why should I have advised in vain the emperor?

桐叶在晨光中飒飒飘落，寒蛩在午夜里不停地悲鸣，深秋时节，我从前线奉调回京，一路上见到的都是凄清萧瑟的景象。想到回京后再也难以受到朝廷重用，心中便充满了万分沮丧，心情更是灰暗到了极点。忽地又记起，当年在前线，骑着骏马、举着长戈纵横沙场的经历，想必此时，大散关头，渭水之滨，战事还是像从前一样没有停歇吧？

想到将来晦暗不明的前途，我顿时萌生了驾舟隐逸江湖的想法，遗憾的是，自己早就了然于胸的那套北伐抗金的策略，却是无人可以托付，再也不能让其继续为光复大业做出应有的贡献。如果早就知道这满腔的爱国赤诚和作战策略，终究都不会得到朝廷的理解和采纳，我当年又何必像扬雄那样，煞费苦心地去写什么赋文劝谏皇上呢？

宋孝宗乾道八年（1172 年），陆游曾充任抗战派将领、四川宣抚使王炎的幕宾，亲临南郑抗金前线。然而，不到一年的时间，主持朝政的投降派就撤掉了王炎西北统帅的职务，陆游随即也被调往成都任职。淳熙五年（1178 年）秋，陆游奉调出蜀东归，不日即将抵达临安，这阕词便写于回京的途中。

夜游宫·记梦寄师伯浑

陆游

雪晓清笳乱起。梦游处、不知何地。铁骑无声望似水。想关河，雁门西，青海际。

睡觉寒灯里。漏声断、月斜窗纸。自许封侯在万里。有谁知，鬓虽残，心未死。

Palace Visited at Night
A Dream

Lu You

On snowy morning I hear flute on flute pell-mell
Where did I dream? I know not well.
I seemed to see a flood of silent cavaliers
On the northwest frontiers,
West of the Wild Geese Pass
By desert-side, alas!

Awake, I only find cold candlelight,
The water clock no longer goes,
At my paper window peeps the slanting moonlight.
I promised to win victory far away.
But, O, who knows?
My hope sinks dead, my hair turns grey.

雪花飞舞的拂晓，军营里四下都吹响了凄清悲凉的胡笳声。其实，这不过只是个梦罢了，我甚至不知道梦境里出现的地方到底是在哪儿。梦里，披着铁甲的骑兵，正鸦雀无声地向前挺进，看上去就像河流一样肆意地流淌在无垠的大地上。想必，这一定是沦陷中的关塞山河，不是雁门关外，就是青海湖边。

一觉醒来，在孤灯摇曳的深夜里，睁开惺忪的睡眼，却发现漏声已经停了，明月正斜斜地映照在窗纸上，天就快亮了。我相信自己能够像班超那样，在万里之外的边疆，建功立业，封侯拜相，却有谁能真正理解我这满腔的抱负呢？如今的我，鬓发虽然已经霜白，但那颗想要报效朝廷的雄心未曾死去。

《剑南文集》卷十四《师伯浑文集序》云："乾道癸巳，予自成都适犍为，识隐士师伯浑于眉山。一见，知其天下伟人。伯浑自少时名震秦蜀，东被吴楚，一时高流皆尊慕之，愿与交。"

乾道癸巳即乾道九年（1173 年），犍为即嘉州（今四川省乐山市），可知师伯浑是陆游于乾道九年，自成都赴嘉州知州任时，在眉山结识的一位蜀中高士。宋孝宗淳熙元年（1174 年）春，陆游离开嘉州，临行前和师伯浑饯别于青衣江上，四年后师伯浑病逝，这阕词亦当作于此间，字里行间，无不表现了词人对当政者主和苟安的不满情绪。

贺新郎·弹铗西来路

刘过

弹铗jiá西来路。记匆匆、经行数日，几番风雨。梦里寻秋秋不见，秋在平芜①远渚。②想雁信、家山何处？万里西风吹客鬓，把菱花、自笑人憔悴。留不住、少年去。男儿事业无凭据。记当年、③击筑悲歌，酒酣箕踞。腰下光芒三尺剑，时解挑灯夜语。④更忍对、灯花弹泪？唤起杜陵风雨手，写江东渭北相思句。歌此恨，慰羁旅。

①远渚一作：远树
②想雁信一作：雁信落
③击筑悲歌一作：悲歌击楫
④更忍对、灯花弹泪一作：谁更识、此时情绪

Congratulations to the Bridegroom

Liu Guo

Unrecognized on my way,
In haste I passed ten days,
Tempered in wind and rain.
I seek but cannot find lost autumn in my dream,
It hangs on far-off trees in far-flung plain.
I would confide my message to the wild geese,
But could they reach my homeland by the stream?
My hair is whitened by long, long western breeze,
Looking into the glass,
I laugh how languid I am, alas!
How could I stop my youth from passing away!

Could I attain my ideal of bygone days?
I remember heroes drank and sang plaintive lays,
But all in vain.
I can only speak to my sword bright.
And stroke it by candlelight.
Who understands me in such plight?
Could I awaken the poet Du Fu to croon
In the breeze or under the moon,
To write nostalgic verse by riverside
In the country far and wide?
I'd drown my grief
To find relief.

怀才不遇的我，就像那个没能得到孟尝君重视的门客冯谖一样，弹铗而歌，一路向西前行。行色匆匆地走了十天，几番风雨交加，坎坷难行。在梦中寻找家乡的秋色，却始终不见它的踪迹，没想到秋天已经在不经意中来到了这荒芜而又遥远的异乡之地。

南飞的大雁起起落落，而我熟悉的家园又在哪里呢？西风万里，无情地吹打着我的双鬓，又让我这个四处流浪的羁客染上了重重霜色。举起背面雕刻着菱花的镜子，我默默查看着镜中的自己，不仅早已容颜憔悴，就连挂在面庞上的那丝勉强的微笑，也尽显苦涩悲哀。时光一去不复返，曾经的青春年少，终究还是逝去了啊！

大丈夫就应该干出一番惊天动地的大事业来，可惜我身为男儿，空有壮志，却依然一事无成，未能建有尺牍之功。想当年，自己也曾像祖逖一样悲歌击楫，每次酒酣耳热后亦总是箕踞而坐，立誓要收复中原，要多激进有多激进。而今的我，腰间也时常别着一把寒光闪耀的三尺宝剑，时不时地就会把它取下来在夜里挑灯细看，只是，我此刻的心情，又有谁人能够理解呢？

我想要大声呼唤出，那个擅写风月的杜少陵，让他为我写下对江东和渭北的思念，从此后，我将高唱此歌，以解壮志难酬之怅恨，安慰我天涯羁旅的忧思。

刘过作为一名爱国志士，平生皆以匡复天下、一统河山为己任。他力主北伐，曾上书宰相，痛陈恢复中原的方略，但却不被苟且偷安的当政者所采纳。他屡试不第，终生布衣，长期浪迹江湖，先是南下东阳、天台、明州，北上无锡、姑苏、金陵；后又从金陵溯江西上，经采石、池州、九江、武昌，直至当时的南宋前线重镇襄阳。这阕《贺新郎》大约便写于词人西游汉沔（今湖北省武汉市）之际。

霜天晓角·仪真江上夜泊

黄机

寒江夜宿。长啸江之曲。水底鱼龙惊动，风卷地、浪翻屋。

诗情吟未足。酒兴断还续。草草兴亡休问，功名泪、欲盈掬。

Morning Horn and Frosty Sky
Mooring at Night on River Yizhen

Huang Ji

At night my boat is tied
By the cold riverside,
I croon for long
My verse and song.
In water deep
The startled fish and dragon leap.
Wind sweeps the ground;
In waves houses seem drowned.

I have not crooned my fill;
Not drank, then I drink still.
Don't ask at all
About the rise and fall!
How can I not shed tears
Over the lost frontiers?

夜泊于无边无际的长江之上，放眼望去，四周一片苍茫，面对这凛冽凄寒的江景，我突地感受到一种慷慨悲壮，忍不住仰天长啸起来。狂风骤起，卷地而来，江面上波涛汹涌，江边的屋舍瞬间被翻滚的巨浪掀倒，就连那水底的鱼龙都被惊动了。

我诗情满怀，吟咏尚嫌未足，遂趁着酒兴，断断续续地吟诵了一遍又一遍。却为何，还是如此的心情郁结、心绪难平呢？还不是因为偏安于江左的朝廷，就那么眼睁睁地看着中原故土匆匆地沦丧！不用再多问了，国破山河碎，我满怀壮志，想要报效祖国，没想到投降派们根本就无意恢复失地，导致我报国无门，到如今依然功名不就，只能无限悲愤地握住一把又一把的泪水，坐看这江上风浪。

仪真（今江苏省仪征市）在南宋时，曾多次受到金兵的侵扰。词人夜泊于此，面对波浪翻滚的寒江，北望中原，一时间百感交集，便于无奈中写下了这阕词，借江景抒发了他壮志难酬之情。

黄机（生卒年不详），字几仲，号竹斋。南宋婺州东阳（今浙江省东阳市）人。曾仕州郡，与岳珂酬唱，并有词寄辛弃疾。其词词风沉郁苍凉，亦近辛派。著有《竹斋诗余》。

毛晋跋其词，以为“不乏宠柳娇花，燕目行莺目亢等语，何愧大晟上座”；李调元《雨村词话》卷二亦称：“黄机《竹斋诗余》，清真不减美成。”皆认为黄机源出周邦彦，然所见仅其婉丽一面。

《四库总目提要》推其赠岳珂诸词，“皆沉郁苍凉，不复作草媚花香之语”。陈廷焯《白雨斋词话》卷二复举其《虞美人》“书生万字平戎第，苦泪风前滴”之句，以为“慷慨激烈，发欲上指，词境虽不高，然足以使懦夫有立志”。

桂枝香·金陵怀古

王安石

登临送目，正故国晚秋，天气初肃。千里澄江似练，翠峰如簇。归帆去棹①残阳里，背西风，酒旗斜矗。彩舟云淡，星河鹭起，画图难足。

念往昔，繁华竞逐，叹门外楼头，悲恨相续。千古凭高对此，谩嗟荣辱。六朝旧事随流水，但寒烟②衰草凝绿。至今商女，时时犹唱，后庭遗曲。

①归帆一作：征帆

②衰草一作：芳草

Fragrance of Laurel Branch
Thinking of Ancient times in Jin Ling
Wang Anshi

I climb the height
And stretch my sight:
Late autumn just begins its gloomy time.
The ancient capital looks sublime.
The limpid river, beltlike, flows a thousand miles;
Emerald peaks on peaks tower in piles.
In the declining sun sails come and go;
Against west wind wineshop streamers flutter high and low.
The painted boat
In cloud afloat,
Like stars in Silver River egrets fly.
What a picture before the eye!

The days gone by
Saw people in opulence vie.
Alas! Shame on shame came under the walls,
In palace halls.
Leaning on rails, in vain I utter sighs
Over ancient kingdoms' fall and rise.
The running water saw the Six Dynasties pass,
But I see only chilly mist and withered grass.
Even now and again
The songstresses still sing
The song composed in vain
By a captive king.

登上城楼，极目远眺，故都金陵正是深秋时节，天气也开始变得凉爽起来。千里长江，澄澈明丽，宛如一条白练横亘在城外，青翠的山峰就像一根根箭镞，巍然耸立在城头，看上去煞是壮观。

张着帆的舟船，在夕阳下往来穿梭。西风乍起，那斜插在酒楼前的酒旗，正兀自迎风飘扬，尽情招展着它曼妙的风姿。凝眸处，画船恰似在淡云中浮游，白鹭仿佛在银河里飞舞，纵是丹青妙笔，也难描画眼前这壮美的风光。

遥想当年，金陵城是何等的富丽堂皇、金碧辉煌，却叹朱雀门外结绮楼头，陈后主兵败亡国、张丽华被当作妖妃斩首的恨事，依旧还是没能引起后续统治者们足够的警惕，江山更替更是接连不断的家常便饭。

自古至今，在此登高怀古的人们，无不对历代荣辱喟叹感伤，唏嘘万分。六朝旧事，早已随着东去的流水默默消逝，剩下的，唯有惨淡的寒烟、衰败的绿草，哪里还能寻见当时的明媚？令人心痛的是，时至今日，那些不知道亡国之恨的歌女们，还在时时吟唱陈后主的《玉树后庭花》，怎一个悲哀了得。

这阕词大约是王安石出任江宁（今江苏省南京市）知府时所作。宋英宗治平四年（1067 年），王安石第一次出知江宁府，并写有不少咏史吊古之作；宋神宗熙宁九年（1076 年），王安石罢相，第二次出知江宁府。这阕词当作于这两个时段的其中之一。

浪淘沙令·伊吕两衰翁

王安石

伊吕两衰翁，历遍穷通。一为钓叟一耕佣。若使当时身不遇，老了英雄。

汤武偶相逢，风虎云龙。兴王只在①谈笑中。直至如今千载后，谁与争功！

①谈笑一作：笑谈

Sand-sifting Waves

Wang Anshi

The two prime ministers, while young, were poor;
They had been fisherman and peasant before.
Had they not met their sovereigns wise,
In vain would they grow old. How could they rise?

When they had met discerning eyes,
The tiger would raise the wind the dragon the cloud.
They helped two emperors in laughter.
Now, in a thousand years after,
Who could rival them and be proud?

伊尹和吕尚两位老人，困窘和顺利的境遇，全都被他们经历了个遍。一位是钓鱼翁，一位是耕田的奴仆，如果他们没有遇到英明的君主，又哪里成得了英雄，最终的结局也不过是老死于山野之中罢了。

他们与成汤和周武王都是偶然相遇，英明的君主乍然得到了贤能的臣子，便犹如云生龙、风随虎一般，谈笑中便开创了不朽的王业。到如今，几千年过去了，还有谁能够与他们当初所建立的丰功伟业一争高下呢？

王安石早立大志，要致君尧舜，但长期不得重用，直到宋神宗即位，他才拥有了类似“汤武相逢”的机会，可以干出一番惊天动地的大事业了。这阕词当作于词人担任宰相之际，可能是推行新法取得初步成效时的作品。

王安石（1021 年—1086 年），字介甫，晚号半山。抚州临川（今江西省抚州市）人，北宋著名政治家、文学家、思想家、改革家。

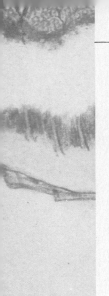

庆历二年（1042 年）进士，宋神宗朝两度出任宰相，实行变法，封舒国公，又改封荆国公。晚居金陵，卒谥“文”，世称王文公。

王安石潜心研究经学，著书立说，创“荆公新学”，促进了宋代疑经变古学风的形成。在哲学上，他用“五行说”阐述宇宙生成，丰富和发展了中国古代朴素唯物主义思想，其哲学命题“新故相除”，把中国古代辩证法推到了一个全新的高度。

在文学上，王安石具有突出成就。其散文简洁峻切，短小精悍，论点鲜明，逻辑严密，具有很强的说服力，充分发挥了古文的实际功用，这也让他实至名归地被列入“唐宋八大家”之一；其诗“学杜得其瘦硬”，擅长于说理与修辞，晚年诗风含蓄深沉、深婉不迫，以丰神远韵的风格在北宋诗坛自成一家，世称“王荆公体”；其词写物咏怀吊古，意境空阔苍茫，形象淡远纯朴，存世作品虽不多，但贵在风格高峻，一洗五代绮靡的旧习。有《王临川集》《临川先生文集》《临川先生歌曲》等著作存世。

王安石一生中最为知名的事迹，莫过于由他倡导的熙宁变法。鲜少有人知道他从小就具备青云之志。即便日后没有积极推动新法，他也必定会成为大宋政坛一座无法逾越的大山。

打小，王安石身上就笼罩着天才的光环。他有着惊人的记忆力，所学诗文皆过目不忘，几近神童，加上身为地方官吏的父亲王益特别重视对他的栽培，所以王安石很快便成长为一个才华横溢、天赋异禀的才子。

王安石从小就跟着父亲宦游大江南北，这使他有足够多的机会接触到各地老百姓，也让他对老百姓的生活状态有了最为具象和深入的了解。在这个过程中，他看到了大宋皇朝政治体系存在的种种弊端，以及现行法制给老百姓带来的种种拖累。于是，少年王安石便在心里默默立下了远大的志向，待他长大成人，必将为了大宋的辉煌和大宋子民的安居乐业，奉献他毕生的心力，鞠躬尽瘁，死而后已。

二十二岁那年，王安石一举考中进士，如愿以偿地踏上了仕宦之路。和他一起高中进士的同年们纷纷请托关系，寻找门路，挤破了脑袋也想要留在京城供职。可志在天下的王安石却跟他们有着截然不同的想法，非但没想方设法地留在东京，反而主动给朝廷写了申请，说他想到地方上去锻炼锻炼。

这是一个异类，一个绝对的异类。当时坐天下的宋仁宗手下有很多良臣能将，但像王安石这样完全没把自己的前程与未来放在第一位考虑的后生，他还是第一次碰上。宋仁宗很欣赏王安石这种低调不露锋芒的个性，并认定他是一块璞玉，假以时日，必成大器，索性就将他外放到淮南，给了他一个节度判官的小官，先让他在基层好好锻炼锻炼。

王安石没有让宋仁宗失望。在地方做官的时候，他总是能够和当地的老百姓打成一片，不仅经常深入田间垄头，了解庄稼的长势和谷物的收成情况，甚至还卷起裤管亲自下田，跟着农民一起施肥耘地。他访民情，察民意，在与老百姓的交流中，不断寻找和发现官府工作中存在的各种问题，然后本着当地百姓利益第一的原则，想尽一切办法地去帮助他们解决在生产生活中的所有困难。

王安石知道自己身为一个地方父母官的职责所在，他一心只想为他治下的老百姓造福，让他们过上更加幸福、更加美满的生活，而事实上他也是这么做的。通过不懈的努力与坚持，王安石在任地方官时所取得的政绩是非常突出的，因为他每到一地，朝廷每年对他的考察结语都是“越明年，政通人和，百废俱兴”。

治平四年（1067年）正月，宋神宗继位。这是一位想有所作所为的皇帝，也是一位励精图治的皇帝。在宋神宗之前，宋朝的历代君主在外交层面上采取的基本都是防御政策。但宋神宗一上台，他就想变这种被动局面为进攻态势，甚至想要对外扩张，使大宋恢复昔日雄风。

要实现这个宏图伟业就必须打仗，而打仗就必须花钱。国库里的钱肯定是不能随便乱动的，因为那些钱要留作国家的正常开销支出。要怎么才能让国库变得更加充盈？必须要找出个不一般的治吏能臣来，才能帮助他实现这一宏大的计划，那么朝廷里的官员，哪个才是最适合的人选呢？

司马光？韩琦？曾公亮？范纯仁？苏轼？不不不，这些人都是墨守成规的保守派，宋神宗在摇头叹息之际，忽地想起了一个人来，那便是在地方上多有建树的王安石。对，王安石，就是他王安石了！于是，一纸诏书，已经在地方上历练了多年的王安石，终于欣然走到了大宋的权力中心，走到了东京的聚光灯下，成了那个时代最为星光闪耀的明星臣僚。

宋神宗要王安石变法，要王安石改革，要让大宋在他和王安石的变法和改革中，彻底去掉积贫积弱之气，迎来新一轮的辉煌。而变法和改革也正是王安石内心最渴望做的事情，就这样，这对君臣一拍即合，轰轰烈烈的变法便由此拉开了盛大的序幕。

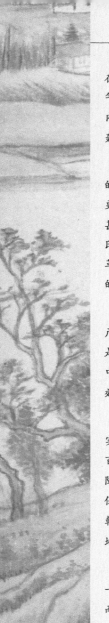

沉寂许久，王安石终于站到了一个真正属于自己的舞台上，此时此刻，他的眼里自是天地光明，万象更新。然而，这次变法遭到了很多大臣的竭力反对，甚至是反抗，就连深居后宫的太皇太后曹氏、太后高氏，都站到了他的对立面，所以他一开始所面临的改革政局就不是阳光普照，而是充满了变数与各种棘手的难题。

王安石变法又称熙宁变法，它的出发点是发展生产，富国强兵。变法的具体内容也并非异想天开，它是王安石在多年的亲身实践中研究和总结出来的，其中有些做法已经在地方上推广实施，且取得了很好的效果，所以他才决定将它们在全国范围内一一推行。

但是，因为新法触动了一部分人的利益，加之在实施的过程中，产生了很多预想不到的新问题，给老百姓的生活带来了很大的困扰，并增加了他们的负担，随之而来的，便是反对新法的声音，一浪高过一浪。保守派反对他，利益攸关的人反对他，甚至就连司马光、韩琦、范纯仁、苏轼这样的饱学之士，也都无一例外地站出来反对他。

起初，宋神宗还坚定地站在他这一边，不惜贬黜一切反对他的大臣，也要坚定地支持他的变法，但久而久之，这位满怀抱负、一心想要变革的皇帝，也终于承受不住来自各方的压力，决定不再改革了。而王安石也因此最终黯然退出政治舞台，告老还乡，归隐于他最爱的古都金陵。

有人说他是祸国殃民的千古罪人，有人说他是高瞻远瞩的政治家、改革家，还有人说他是不谙世事、刚愎自用的拗相公。关于朝野各方对他的种种褒贬，他都无一例外地默默承受了下来，因为，在变法伊始，在神宗皇帝一纸诏书把他叫到朝堂的时候，他就非常清楚，自己所选择的是一条历险之路，是一条孤绝之路，甚至是一条血路。他错了吗？他坚信，历史会给他最为公正的评说，给他最好的注解。

图书在版编目（CIP）数据
归去来辞：美得窒息的宋词：汉英对照 / 许渊冲译；
吴俣阳解析. -- 武汉：长江文艺出版社, 2024.2
ISBN 978-7-5702-3294-9

Ⅰ.①归… Ⅱ.①许…②吴… Ⅲ.①宋词－选集－汉、英
Ⅳ.①I222.844

中国国家版本馆CIP数据核字(2023)第138861号

归去来辞：美得窒息的宋词：汉英对照
GUIQULAICI：MEI DE ZHIXI DE SONGCI：HANYING DUIZHAO

责任编辑：栾　喜　　责任校对：韩　雨
封面设计：棱角视觉　　责任印制：张　涛

出版：长江出版传媒 | 长江文艺出版社
地址：武汉市雄楚大街 268 号　　邮编：430070
发行：长江文艺出版社
北京时代华语国际传媒股份有限公司　（电话：010-83670231）
http：//www.cjlap.com
印刷：三河市宏图印务有限公司

开本：787毫米 × 1092毫米　1/32　　印张：9.5
版次：2024年2月第1版　　2024年2月第1次印刷
字数：120千字

定价：49.80 元